シーラス　安らぎの時

セシル・ボトカー

橘《たちばな》　要一郎《よういちろう》　訳

SILAS. Fortrøstningens Tid

by

Cecil Bødker

シーラス　安らぎの時／目　次

シーラス　安らぎの時

1　出産

とうとうその日がきて、ヨアンナとおばあちゃんはシーラスを家の外へ押《お》し出した。

「どういうことだよ、これは。ぼくはそばにいてやって当然じゃないか」そう言ってシーラスは逆らい、戸口で向き直ったが、相手にされなかった。

「陣痛《じんつう》が始まってるのがわかんないの」とヨアンナが怒《おこ》った。

「だって一晩中続いてたじゃないか」シーラスは答える。

「そうよ。でもね、しきたりで、子供を産むところに男がいちゃいけないことになってるんだから」

ヨアンナはいらいらして言った。

「しきたりなんて知るもんか。自分の子が生まれる瞬間《しゅんかん》にそばにいたいだけさ」シーラスは言い返す。

「そんなら何もかも自分ですることだね」とおばあちゃんが口喧嘩《くちげんか》に割り込《こ》んだ。

「それ、どういう意味さ」

「おまえが家に残るんなら、あたしは出ていくよ」とおばあちゃんが答える。

「あたしもよ」とヨアンナがあとに続いた。

「そんなことできないだろ——ふたりして出てくなんて」シーラスの声はいくぶん頼《たよ》りなくなった。

「できるわよ。あんたかあたしたちか、どっちか」

「だってこれから産むんだから」シーラスは粘《ねば》ってみた。

「そうよ。だからあんたの面倒《めんどう》なんか見てる暇《ひま》ないの」とヨアンナ。

シーラスは仕方なくあきらめ、外の通りへ押《お》し出されるままになった。

「でもユリーヌに何かあったらどうするんだよ」シーラスはさらに続けた。

「その時は使いをやって、あんたを呼ぶから」

そう言ってふたりは戸を閉め、閂《かんぬき》をかけた。閉ざされた戸越《ご》しに、かすかにうめくユリーヌの声がシーラスの耳に聞こえてきた。

シーラスは道を横切り、胸壁《きょうへき》に寄りかかった。唇《くちびる》を固く閉じ、ここは待つよりほかに術《すべ》がない。

「ま、じっと我慢《がまん》するんだな」というおだやかな声が聞こえてくる。二、三軒《げん》先でのみを研《と》いでいたビン・ゴーヂックだった。「相当時間がかかるかも知れないぞ」とつけ加える。

シーラスはビン・ゴーギックをちらっと見ただけでその場を去り、落ち着いた振《ふ》りを装《よそお》ってぶらぶら山道を下りていった。その前の日おばあちゃんに、川へ行って舟《ふね》のようすを見ておいたほうがいいんじゃないかと言われていた。すぐに乗れるのか、それとも底板の下に水が溜《た》まっているんではないのかと。

「どうでもいいじゃないか、そんなこと」とシーラスは不機嫌《ふきげん》な返事をしていた。こんな時期に家を離《はな》れなければいけないと思うと不愉快《ふゆかい》だった。冬の間はどこへも舟を出したりしないんだから。

「いつどんな時に急いで舟を出すようになるか、わからないんだからね」とおばあちゃんは答えたが、シーラスは知らん顔をしていた。

おばあちゃんの言葉が今、まるで脅威《きょうい》か何かのように跳《は》ね返ってきていた。シーラスの不安は鎮《しず》まりそうになかった。おばあちゃんにはわかっていてシーラスの気がつかなかったこととは何なんだろう。秘めていた怖《おそ》れが勢いを新たにして舞《ま》い戻《もど》ってきた。ユリーヌは細く華奢《きゃしゃ》な身体をしている。あれでどうやって子供が産めるのか。その言葉でもってクリストフィーネおばあちゃんはシーラスの心に火を投げ込《こ》んだ。それが今シーラスの不安に燃え移り、炎《ほのお》を上げて燃えさかっている。シーラスは自分でも気がつかないうちに歩調を早めて大股《おおまた》で山道を下り、川舟が人目にふれずに止めてあるところへ急いだ。

舟底《ふなぞこ》への昇降口《しょうこうぐち》に張りわたしてあった帆布《ほぬの》はそのままになっていて、底板の下にもほとんど水がはいっていなかった。それでもシーラスはわずかな水を桶《おけ》で汲《く》み出した。それから舟《ふね》を点検してまわり、竿《さお》が舷側《げんそく》の下のいつもの場所においてあるか、曳《ひ》き馬の馬具が甲板《かんぱん》の下にきちんとしまってあるかを確かめた。

山を登る帰り道、シーラスはゆっくり歩くようにつとめ、時間がいっこうに動こうとせず長く感じられたその日一日をなんとかしようと思った。けれども不安がシーラスの心をせき立てた。ゆっくり歩いてなどいられなかった。上に着いた時にはもう子供が産まれ、すべてが無事にすんでいることを願って先を急いだ。

でも子供はまだ産まれていなかった。戸はまだ内側から閉められたまま。人にきく必要もなかったので、足音をしのばせて自分の家の前を通り過ぎた。まるで村の全体が息をひそめて待っているようだった。

それにしても、子供を産むのにどのくらい時間が必要なんだろう。

答えを聞くのにだれかの家の戸をたたくのもはばかられ、そのまま山の頂上の古い教会まで歩いていった。以前、何か不都合なことが生じた時に行って考えごとをした場所だ。屋根のない部屋の中でシーラスは石ころを脇《わき》にのけ、石の長椅子《ながいす》に腰《こし》を下ろした。ごつごつした壁《かべ》に背中をもたれさせると、肩甲骨《けんこうこつ》の間に丸石の端《はし》があたった。年老いた羊飼いのセバスチャンにおじいさん役をするよう説得したのはそこだった。自分を取り巻く世界に秩序《ちつじょ》を取り戻《もど》す必要にせまられた時、シーラスはいつもそこにやってきた。

屋根のないその部屋にいると、シーラスはセバスチャンが手に触《ふ》れられるほど身近に感じられるような気がした。その思いがシーラスを落ち着かせた。すると聖餐台《せいさんだい》の裏側のふたつの大きな敷石《しきいし》にふと目が止まった。それを動かしたのはもうずいぶん昔のことで、隙間《すきま》は松葉と砂岩のくずれたのがつまって見えなくなっていた。地下の洞窟《どうくつ》の墓場にセバスチャンの死体が安置されている。岩の壁に掘《ほ》られた低い長方形の棺《ひつぎ》は、石を積み重ねてふさいであった。シーラスは、身の周辺にセバスチャンの力とその助力、強い意志をたしかに感じ取ったような気がした。そして地下へ下りていきたいと思った。

この前洞窟の墓場に入った時には、ウマガラスが兄のセバスチャンの墓を焼酎《しょうちゅう》の壺《つぼ》の隠《かく》し場所にしていたのが判明した。そこなら安全だし、石を動かせばすぐに手が届く、とウマガラスは言い、死体の頭のまわり、両足の周辺の隙間を壺で埋《う》めていた。それはもうずいぶん昔の話で、ウマガラスが町で人間の住む家に住み始め、人間らしい暮らしをするようになってからというもの、山のみんなを訪ねてくることはほとんどなかった。けれども、その後も山の内部に入っていた可能性はもちろんあって当然だった。セバスチャン山への入り口出口、内部の通路のことは知りつくしていたウマガラスのことだから、山の上の住人に知られることなく地下に出入りしていたことは充分《じゅうぶん》にありえた。

セバスチャンの墓の中にまだ焼酎《しょうちゅう》がおいてあることさえ、考えられないことではないかもしれない。

シーラスは思いをめぐらした。長くて大変そうな一日が待っている。耐《た》えがたい待ち時間を有効に使い、地下に下りていって焼酎の壺《つぼ》をひとつとってくるというのはどうだろう。クリストフィーネが貯《たくわ》えていた焼酎は、シーラスが夏の終わりにユリーヌといっしょに村へ着いた日、教会で見張りをしていた川の盗賊《とうぞく》ふたりを酔《よ》っぱらわせるのに使ってなくなっていた。その埋《う》め合わせがいるのではないか。

シーラスは判断の是非《ぜひ》を秤《はかり》にかけている。そんなに時間はかからないはずだ。ただ、ちゃんとした明かりを用意する必要がある。自分の家には入れないからどうするか。だれかの家に行って借りるとしても、シーラスの思惑《おもわく》をたちまちに悟《さと》り、シーラスひとりでは行かせまいとするに決まっている。でもシーラスはどうしても行きたかった。セバスチャンを身近に感じ、それをひとりで味わいたかった。

そうだ、クリストフィーネの家にはだれもいないはずだ。

そうと決めるとシーラスは長椅子《ながいす》から立ち上がり、おばあちゃんの家に向かった。戸を開けると、思っていたとおり家はからっぽだった。クリストフィーネは、赤《あか》ん坊《ぼう》が産まれる時にはどう手を貸すかを教えるために、チュステを連れていっていた。

食卓《しょくたく》の真ん中に、まだあまり使われていないろうそくが一本立っていた。シーラスはためらうことなくそれを台から外し、袖《そで》の中へ隠《かく》した。そしてまた通りへ出て戸をしっかりと閉め、聖餐台《せいさんだい》の裏の、砂に埋もれた敷石《しきいし》のところへ戻《もど》った。

少々手間がかかったが敷石を直立させ、下へ潜《もぐ》って明かりをつけた。そうしてしばらく立ちつくし、においを嗅《か》いでみた。以前と変わらぬ空気だ。湿《しっ》気《け》を含《ふく》んだ砂岩の壁《かべ》の間で止まってしまった時間のにおいがする。するとシーラスは、セバスチャンの教えてくれた印のことを思い出し、壁に刻まれていた印に従って歩き出した。道に迷《まよ》って時間を無駄《むだ》にしたりしてはいられない。おかげで洞窟《どうくつ》の墓場の入り口に達するまでそれほど時間がかからなかった。目立たず狭《せま》い入り口の奥《おく》で道は広がり、洞窟になっていた。

シーラスは立ち止まって周囲を照らし出してみた。何も変わったようすはなかった。ほこりがひっそりと乱されることなく広がっている。シーラスは床《ゆか》の石ふたつにはさんで明かりを固定し、両手を自由にした。墓のいやな臭《にお》いがするかと思っていたのに全然におわず、それが不思議に思えた。両手で死体の頭の部分の石を除き始めた時にも、腐敗《ふはい》の臭《にお》いはいっさいしなかった。

そのかわりに焼酎《しょうちゅう》の壺《つぼ》がすぐに目に飛び込《こ》んできた。シーラスはそれをそっと持ち上げて取り出した。満杯《まんぱい》だったのだろう。けっこう重く、シーラスはしっかり持ち直した。けれども、それを床《ゆか》に下ろす時に、思わず落としそうになってしまった。死んだ羊飼いの、眠《ねむ》っているような顔に目を釘付《くぎづ》けにされたからだ。死体をくるんだ羊の皮は顔の部分がめくられていて、頭が横になっていた。シーラスの視線に映ったのは、とても死人の顔とは思えないものだった。

シーラスが気を取り直して壺を床に置くまでに、かなりの時間がたった。まったく呆然《ぼうぜん》としてしまい、どのくらいの間そうしていたか、あとで思い起こすこともできないほどだった。身体が麻痺《まひ》して硬直《こうちょく》し、頭の中でありとあらゆる思いが四方に疾駆《しっく》する間、シーラスはただじっと待っていた。

それはすでに一度体験したことだった。初めて見た時にも、年老いた羊飼いは、のちにウマガラスが住み込むことになった古びた小屋の中で横たわり、何枚ものすり切れた毛皮の端《はし》から、今見るのとほとんど変わらない顔を出していた。シーラスはそのおだやかな顔を見つめていた。乾《かわ》いて張りのある茶色の皮膚《ひふ》が骨をおおい、以前と少しも、いや、少ししか変わっていない。

シーラスは寂《さび》しそうに笑った。セバスチャンはまたそこに横になり、ただ眠っているだけのように見える。シーラスには、セバスチャンがふたたびしわがれた声で、わしの死を邪魔《じゃま》するのはだれだ、ときいてくるような感じがした。

そこでシーラスは気を取り戻《もど》した。セバスチャンをそんなふうに横たえたのは、ウマガラスの仕業《しわざ》にちがいない。今にもその小気味良さそうな大笑いが耳に響《ひび》いてきそうな気がした。シーラスがおどろいて焼酎の壺を落とし、恐怖《きょうふ》に襲《おそ》われ頭を混乱させてそこを走り出て行くよう仕組んだに決まっている。

それはウマガラスの見当ちがいというものだった。シーラスは逃《に》げ出したりしなかった。腕《うで》を差し入れて、羊の毛皮を元に戻して顔をおおった。それからていねいに石を積み上げ、開けた穴をふさいだ。クリストフィーネのろうそくは残り少なくなっていたので、燃え尽《つ》きるまでに急いで入り口まで戻らなくてはならない。シーラスが向きを変えたその時、隙間《すきま》風に初めて気がついた。どこからかはわからなかったが、かすかな風が洞窟《どうくつ》の中をたえず流れて炎《ほのお》をほんの少し揺《ゆ》らしている。年老いた羊飼いの肌《はだ》を乾燥《かんそう》させ、顔つきを変えさせなかったのはその風のおかげだった。焼酎の壺を片手に、もう一方の手にはちびたろうそくを持ってシーラスは大股《おおまた》で通路をぬけていった。何はともあれ、シーラスが妙《みょう》な気分になっていたことはまちがいない。

明るいところへ出てみると、思ったより時間がたっていて、遅《おそ》い午後になっていた。シーラスは洞《どう》窟《くつ》での体験を振《ふ》り払《はら》おうとしたが、セバスチャンの顔が何度も目の前に現われてくる。ユリーヌのこと、今日がユリーヌにとってどんな日であるかを思い出すまでにしばらく時間がかかってしまった。そして、気がつくともうユリーヌのことがたまらなく心配になり、急ぎ足で通りを下りていった。そして自分の家の戸の前に立ち、行儀《ぎょうぎ》よくノックした。

戸を引き開けたのはヨアンナだった。恐《おそ》ろしい目をして声が震《ふる》えている。

「あんた、どこへ行ってたのよ」叫《さけ》ばんばかりだった。「何度も何度も呼んであんたをさがしたのよ。こんな大事な日にいなくなるなんて、よくそんな真似《まね》できるわね」興奮のあまり、そこで声が途切《とぎ》れてしまう。

シーラスは焼酎《しょうちゅう》の壺《つぼ》を前に抱《かか》え、楯《たて》のようにしていた。何もそうしようと思って長い時間いなくなっていたわけではなかった。シーラスの視線は寝床《ねどこ》に注がれた。ヨアンナの言うことはよくわかったが、言い訳などしている暇《ひま》はなかった。シーラスの視線は寝床に注がれた。ユリーヌが死んだように横たわっている。

「どうして答えないのよ」シーラスが何も言わないのでヨアンナは続けた。「どこへ行ってたの。どうして呼んだのに来なかったのよ」ヨアンナの声はまだ怒《おこ》っている。ふとシーラスの壺に目を止めて、

「何、これ」と、疑い深そうにシーラスを見つめた。

「焼酎」シーラスはユリーヌから目を離《はな》さずに答えた。

「飲んだの？」

「全然。満杯《まんぱい》だから、見てみろよ」シーラスは壺をヨアンナの腕《うで》に押《お》しつけてわたし、押し入るように家の中へ入って寝床へ行った。

「あんたに何かあったんじゃないかって、心配してたんだから」ヨアンナがシーラスの背中に向かって言った。

シーラスは答えない。何も言わずに寝床の端《はし》に腰《こし》を下ろし、ユリーヌの手を取って両手で包んだ。冷たくない。冷えきってはいなかった。ユリーヌは死んでない。でも蒼白《そうはく》だった。虚《うつ》ろな顔をして、目のまわりが黒ずんでいる。シーラスはユリーヌを見つづけた。

「おばあちゃんはどこ？」振《ふ》り向かずにシーラスがきいた。

「帰ったわ、家に」

「家に帰った？」聞きまちがえたかのようにシーラスは繰《く》り返した。

「もうすべきことはした、しばらく眠《ねむ》りたい、って」

「こんな時、どうして寝《ね》てられるのさ」シーラスにはよくわからない。

「年寄りだってこと、忘れたの？」

しばしの沈黙《ちんもく》。

「ユリーヌは元気になるんだろうな」と、しばらくしてシーラスが心配そうな声できいた。視線はまだユリーヌに釘付《くぎづ》けにされている。

「すごく弱ってるわ」と言ってヨアンナはシーラスの脇《わき》に立ち、「出血がひどいの」

「気付けに焼酎《しょうちゅう》を飲ませたらいいんじゃないかな」シーラスがそっときく。

「もうないの、知ってるでしょ」

「あるさ。両手で壺《つぼ》を抱《かか》えてるじゃないか」

ヨアンナは視線を落とし、今初めて何をシーラスにわたされたかに気がついた。

「おばあちゃんにだ」とシーラス。

ヨアンナはスプーンを取りにいった。シーラスはユリーヌの頰《ほお》をそっと撫《な》でた。弱り切っているユリーヌに心を奪《うば》われていたシーラスは、何もきかずに赤ん坊のことはもうあきらめていた。ユリーヌがこんな状態なら、赤ん坊は死んでるにちがいない。そうとしか思えない。

「ユリーヌの頭を支えてやって」とヨアンナ。シーラスは枕《まくら》のほうに移り、言われたとおりにした。ヨアンナは焼酎をスプーンに注ぎ、ユリーヌの唇《くちびる》に当てた。口の中に何かがはいり、ユリーヌはぶるっと震《ふる》えた。

「焼酎なんか、どこで手に入れてきたの」とヨアンナは知りたがった。効き目があったか見ようとして、ヨアンナは緊張《きんちょう》してユリーヌを見つめている。

「セバスチャンのとこさ」シーラスはほんとうのことを言った。

ヨアンナはどきっとして、持っていたスプーンをやけどでもしたかのように放してしまった。

「まさか、そんなこと」とささやき声で言う。

「ほかにどこで手に入れるっていうのさ」

「だって、お墓でしょ？」

「別に邪魔《じゃま》をしてきたわけじゃなし。セバスチャンは相変わらずで、昔のままだった」

「あんた、セバスチャンを見てきたの？」ヨアンナの声はこわがっている。

「壺は顔のすぐ前にあったから、それを持ち上げただけだよ」そう答えてシーラスは、ユリーヌにかけてあった毛布からスプーンを取り上げた。「セバスチャンは眠《ねむ》ってるように横になってた」

「死んだ人の邪魔をしたんじゃないかと思って」ヨアンナはまだささやき声だ。

「きれいな顔してたよ。少ししぼんだみたいだけど」

「それ、どういうこと？」

「しぼんだのさ、文字通り」シーラスはもう一度焼酎をスプーンに注ぎ、それをユリーヌの唇の間にこじ入れようとしたが、ユリーヌは欲《ほ》しがらず、顔をそむけた。

「気をつけて」と、いきなりヨアンナが注意した。

「何にさ」シーラスは、自分がどんなまちがったことをしたのかわからなかった。

「赤ちゃんよ」

「死んだんだろ？」と声にならない声でシーラスがきいた。

ヨアンナはただシーラスを見つめるばかり。

「返事しろよ」シーラスは声を上げた。「どこへやったのさ」そう言って部屋の中を見回した。答えを強要するようだったが、どぎまぎもしていた。

ヨアンナは毛布の中へ腕《うで》を差し込《こ》み、ユリーヌの前の部分の毛布を持ち上げた。そして、目をつぶった小さな顔をシーラスに見せた。

シーラスは不興をあらわにしてヨアンナを見上げ、「だって、死んでるんなら」と言った。

「女の子よ。眠《ねむ》ってる。この子も大変だったんだから」

シーラスは事情がよくわからずに産婆《さんば》の助手の顔を見つめた。

「山ん中をほっつき歩いてセバスチャンに会ってる間に娘《むすめ》が生まれたのよ」抑揚《よくよう》のない声でヨアンナが言った。

ちょうどその時ユリーヌが目を開けた。

「喧嘩《けんか》してるの？」とかすれた声できく。それからまた目を閉じ、眠りらしきものへ滑《すべ》り落ちていった。

「やっぱりあの焼酎《しょうちゅう》のおかげで少し気分が良くなったみたいね」とヨアンナはほっとため息をついた。「呼吸がしっかりしてきてる」

「じゃ、ぼくはここにいてもいいんだね」

「もちろんよ。あたしと代わってちょうだい。でもその前に、おばあちゃんのとこへ行って、あんたが戻《もど》ってきてること、伝えてらっしゃい。みんなで心配してたんだから」

シーラスは用心深く腰《こし》を上げ、ヨアンナも同様に用心深く寝床《ねどこ》の脇《わき》に椅子《いす》を置いて腰を下ろし、編み物を始めた。

おばあちゃんの家の空気は重々しかった。ユリーヌの状態が危ないらしいことを、それが何より雄弁《ゆうべん》に語っていた。シーラスがすでに家に寄ってきたことは見ればすぐにわかり、だれも疑わなかった。チューリッドがおかゆを作り、大皿をちょうどテーブルに置いたところだったが、まだだれも食べ始めていない。

全員が家に入ってきたシーラスを凝視《ぎょうし》している。その声にならない質問に答えてシーラスは、「よくなってる」とヨアンナが言っていたことを伝えた。焼酎《しょうちゅう》を口にしたらそれがきいたみたいで。

「だれが焼酎をあげたの？」すぐにマリアがきいてきた。

「ぼくと、それからヨアンナ」シーラスは告白する。「いけなかったかな」

「で、ユリーヌは目をさましてるの？」マリアがききかえした。

「いや、またすぐに眠《ねむ》っちゃったよ。でもヨアンナに言わせれば、前よりいい具合に眠ってるって」

「だけど、ここには焼酎がなかったはずじゃないの」とマリア。

「それがまたあるのさ、ひと壺《つぼ》まるまる」とシーラス。

「どっからそれを手に入れたんだ？」すかさずビン・ゴーヂックが少々きびしい口調でたずねた。部屋の中に完璧《かんぺき》な沈黙《ちんもく》が訪れる。

「セバスチャンのところからだ」シーラスはきっぱりと答えた。

部屋にいた全員がはっと息をのんだ。その瞬間《しゅんかん》シーラスは、奥《おく》の部屋の床《ゆか》でクリストフィーネが彫刻《ちょうこく》のような不動の姿で立ちつくしているのに気がついた。服を着たまま横になっていたにちがいない。

「焼酎、って言ったね」とクリストフィーネ。

「まるまるひと壺、あんたにね」シーラスは答えた。

「じゃ、あたしのろうそくを持ってったのは、おまえなんだね」と老婆《ろうば》は続けた。

「自分の家に入れなかったし、仕方なかったんだ」シーラスはそう言ってから間を置いて、「ヨアンナがぼくにユリーヌの看病を代わってくれって言ってるんだけど」とつけくわえた。

「あたしもいっしょに行くよ」と老婆がはっきりと言った。

「寝《ね》るんじゃなかったの？」

「もう眠ったよ。さ、出かける前に何か食べたほうがいいよ」

みんながそれぞれおかゆを食べ終わると、チュステがおばあちゃんの乾燥《かんそう》させた薬草の入った袋《ふくろ》を取ってくるようにいいつかり、シーラスと老婆は、ものを言えない少女チュステを従えて暗闇《くらやみ》の中に消えていった。

外は寒くなり、凍《い》てついた風があたりの家を薄《うす》く包み込《こ》んでいる。ユリーヌのところへ戻《もど》る短い距離《きょり》を行く間に、両手の指と耳が冷たくなってしまった。けれども室内には火が焚《た》かれ、ゆったり寝床《ねどこ》の横にすわっていたヨアンナが、ずっと火を絶やさないようにしていた。容態をざっと聞いてからおばあちゃんは、鍋《なべ》に少し水を入れ、それを囲炉裏《いろり》の火の上に吊《つ》るした。

「出血を止めるお茶をいれて試してみようね」とクリストフィーネは、非常に注意深く影《かげ》のように自分につきまとっているチュステに説明した。お湯がわくと鍋を火からおろし、袋から薬草の葉を選んでお湯に浮《う》かべた。お茶がはいるまでの間、クリストフィーネとチュステは力を合わせてきれいな敷《しき》布《ふ》をユリーヌの下に敷《し》いてあげた。するとユリーヌが目を開けて、ささやくような声で赤《あか》ん坊《ぼう》のようすをきいてきた。

シーラスははっとして背筋を伸《の》ばしたが、邪魔《じゃま》にならないよう薄闇《うすやみ》の中に立ったままでいた。ヨアンナが毛布をのけて赤ん坊を持ち上げ、母親の上にのせてあげてから、ふたりにもう一度毛布をかけ直してあげた。ユリーヌは幸せそうに笑って輝《かがや》いたかと思うと、すぐにまた眠《ねむ》りに落ちてしまった。するとヨアンナが編み物を片付け、毛糸玉に編み棒を差し込《こ》んで椅子《いす》をクリストフィーネに明けわたした。そして帰っていった。

「何かあったら使いをやるからね」とその背中に向かって老婆《ろうば》が言った。

薬草の葉が鍋《なべ》の湯によく溶《と》け込んだころ、おばあちゃんはチュステに、お茶を少し汲《く》んで茶碗《ちゃわん》にいれ、少しさますように言った。

「それから赤ちゃんをそこの薄い布にくるんで、あたしたちふたりでユリーヌにお茶を飲ませる間、シーラスに抱《だ》いていてもらいな」

シーラスはちょっとびっくりしたが、チュステは言われたとおりにして、布にくるんだ赤ん坊をシーラスの腕《うで》に預けた。それからユリーヌの頭をそっと持ち上げて、クリストフィーネがユリーヌの口に茶碗を当てやすいようにした。

お茶はあまりいい味がしなかったにもかかわらず、ユリーヌはよろこんで飲んだ。おばあちゃんはほめてやる。「飲めるだけ飲みな。身体にいいからね」

その間シーラスは少し離《はな》れたところで椅子《いす》にかけ、赤ん坊の温かい小さな身体の感触《かんしょく》が両腕に沁《し》み込むままにしていた。そんなに小さな子を腕に抱くのは初めてのことだった。ましてや生まれたばかりの子だ。それまではというもの、自分でもよく考えてもみないまま、その子はユリーヌが産む子だとだけ思っていた。小さな包みをしっかり抱《かか》えている今になって初めて、それが自分の子でもあることが身にしみてわかったのだった。自分とその子との位置関係が変化したのを感じた。何か変わったものをはっきり感じとった。所有権のようなもの、そして責任感。その感覚が非常に激しかったために、シーラスはしばらく息を整えなければならなかった。それからそっと前かがみになり、眠っている小さな顔を見つめた。

「女の子でがっかりした？」ほとんど声にならない声でユリーヌがささやくのを耳にした。シーラスはそちらを振《ふ》り向き、ユリーヌが目を覚《さ》ましているのをたしかめた。おばあちゃんがすぐにまた血止めのお茶のはいった茶碗を持ってくる。シーラスは首を振り、

「この子はぼくの今までの人生で最高で、いちばん変わった出来事だよ」と答えた。それがほんとう

のことなのが自分でもよくわかった。身体でも心でも、温かい喜びを感じていたからだ。

それにひきかえクリストフィーネはまったく散文的で、ユリーヌにおかゆを少し食べてみないかと平気できいている。

ユリーヌがうなずいた。

すると老婆《ろうば》は早速チュステに向かい、家へ行ってチューリッドからおかゆとミルクをもらってくるように頼《たの》んだ。身体に早く食べ物を入れれば、それだけ早く元気が出るようになる。チュステが戻《もど》ってくるまでの時間をクリストフィーネは、シーラスと話をして過ごした。子供にどんな名前をつけるか、考えてみたのかときいてくる。

シーラスは首を振《ふ》り、その質問はユリーヌにまわした。

「あなたのお母さんと同じ名前」とユリーヌがささやいた。

「アニーナ？」シーラスがきく。

「アニーナ」とユリーヌ。

そこへチュステがおかゆを運んできた。おばあちゃんはそれにミルクを混ぜてかき回し、皿をチュステに預けてからユリーヌの首筋に腕《うで》を差し入れて支えてやる。今度はチュステがスプーンでユリーヌに食べさせる番だ。ユリーヌはよく食べたが、いきなり前触《まえぶ》れもなしに抱《だ》かれたまま眠《ねむ》り込《こ》んでしまった。

「かわいそうにね」と老婆はため息をつき、「こんなに疲《つか》れきっていて、どうなっちゃうんだろう、この人」と言った。シーラスは心臓がすとんと沈《しず》み込むような気がした。クリストフィーネの言葉は、幸先《さいさき》のいいものではないような気がシーラスにはした。

「あたし、今夜はここに残ったほうがよさそうだね」とおばあちゃんが決めた。「あたしはあんたの寝《ね》場所に寝るから、あとで交代しよう」

「いいよ」とシーラスはおとなしく従い、椅子《いす》に腰を下ろした。チュステはおばあちゃんの家に帰された。シーラスはユリーヌの胸元にそっと赤《あか》ん坊《ぼう》をのせ、おばあちゃんがしたように見よう見まねでふたりに毛布をかけてやった。クリストフィーネはその横のあいた場所によじ上り、すぐに眠りについてしまった。

シーラスは長いこと椅子にすわったまま、ユリーヌの寝息を聞いていた。深く規則正しい呼吸で、シーラスの心配はおさまった。そして知らぬうちにシーラスのまぶたも閉じられてしまった。

それからずいぶんたってから、シーラスは赤ん坊が泣く声で目がさめた。ユリーヌも子供が見つからずに慌《あわ》てて騒《さわ》いでいる。明かりはとっくに燃え尽《つ》き、火も消えて部屋の中にはうっすら冷気が漂《ただよ》いはじめていた。シーラスはクリストフィーネを起こさなければいけなかったが、老婆はぐっすり寝込んでいて目をさましそうにない。シーラスはクリストフィーネを揺《ゆ》り起こさなければならなかった。飛び起きたクリストフィーネは、自分がどこにいるのかすぐにはわからなかった。

「明かりをつけなったら、もう」とクリストフィーネはガミガミ言う。「何をしてるんだよ」

「赤ちゃんは？　どこにいるの、赤ちゃん？」パニックに陥《おちい》ったユリーヌが、まだ弱々しい声で泣き言を言っている。

シーラスは毛布の中へ手を入れ、ユリーヌの身体の、赤《あか》ん坊《ぼう》が横になっていたあたりを撫《な》でてみた。でも赤ん坊はいなかった。代わりに手が濡《ぬ》れたので、肝《きも》をつぶして腕《うで》を引っ込《こ》めた。血？　ユリーヌが血だらけになっている？　でも赤ん坊はどこかにいるにちがいない。さっきまでぐずついて泣いていたのが、今は激しい泣き方をしている。それにしてもどうして血が。血だ。シーラスはおののいた。

シーラスは椅子《いす》から素早《すばや》く立ち上がり、どこにあるかわからないろうそくを夢中になってさがした。すると突然《とつぜん》、おばあちゃんが火を点《とも》し、前掛《まえか》けのポケットに入れたあったらしいろうそくに火をつけた。そしてそれを急いで寝床《ねどこ》に戻《もど》ってきたシーラスに手渡《てわた》してユリーヌを照らし出させ、乱れた寝具《しんぐ》の中を探《さぐ》って今はもう正気を失ったかのように泣きじゃくっていた赤ん坊を見つけ出した。

「ユリーヌはさっき血だらけだった」とシーラスが老婆《ろうば》の耳に口を近づけて小声で言った。けれどもそれはユリーヌに聞こえてしまい、おびえさせた。

「どこがさ」と老婆が喧嘩腰《けんかごし》できいてきた。

「前の部分全部。赤ん坊をさがしてさわったら、手が濡れたんだ」シーラスは手をよく見てみたが、これといって何も目に止まるものはない。

ユリーヌの横で寝床にまだ膝《ひざ》をついたままでいたおばあちゃんが、毛布を脇《わき》にはねのけた。

「どこなのさ」とクリストフィーネはもう一度きいて、ユリーヌのシュミーズをさわってみた。そしていきなり、

「ばかばかしい、母乳じゃないか。どんどん出てるよ。ボタンを外して、別のものを着せてあげな」

シーラスはやってみた。けれどもボタンは小さく、母乳でぬるぬるしていたためにうまくいかなかった。ろうそくを床《ゆか》に置いたので、ボタンをよく見ることさえできなかった。結局ユリーヌが自分で胸をはだけることになった。そしておばあちゃんが、赤ん坊を片手に抱《だ》き、もう一方の手でユリーヌの濡れた服を脱《ぬ》がせてやる。それから赤ん坊をユリーヌの胸にのせ、乳首《ちくび》を赤ちゃんの口に入れやすいようにしてあげた。

するとあたりが静まった。すべてがいっぺんに丸くおさまり、赤ん坊が乳を飲み込むかすかな音が部屋の全体を幸福で満たした。冷えたりしないよう、おばあちゃんはユリーヌを毛布でくるんでやった。シーラスもちゃんとした明かりを見つけ、囲炉裏《いろり》にもう一度火をおこした。心残りはひとつだけ、

みっともないことに居眠《いねむ》りをしてしまった。それで気がとがめていた。

2　ウマガラスの焼酎《しょうちゅう》

女の子はふだんはアーニャと呼ばれた。だれの目から見てもすくすく育っている子で、日に日に非常に気の強い子になっているのが明らかだった。その頑固《がんこ》さは人をおもしろがらせたり困らせたりしていて、あだ名がどんどん増えていった。

歩き始めるようになると、なんとしてでも床《ゆか》にいようとした。動き回るのに充分《じゅうぶん》な場所があったし、薪《まき》の山はいろんな可能性を秘めている。そして何よりも、床には犬がいた――もう大人に育っている犬だ。

アーニャはその犬をよく知っていたし、犬のほうもアーニャをよく知っていた。おたがいが仲良しになるように、最初からみんなでアーニャと犬がなるべくいっしょにいるように気づかっていた。それでもやはり、体重を全部かけてアーニャが初めて犬の上にのしかかり、両腕《りょううで》を犬の首にまわして締《し》めつけた時にはみんなをはらはらさせた。

それがしごく乱暴に見え、いちばん近くにいたおばあちゃんが走りよってアーニャをおさえ、大事にいたらないよう引きはがすようにして抱《だ》き上げた。さいわい何事も起こらなかったが、おばあちゃんは両手両足をぶんぶん振《ふ》り回して激しく泣きわめく子を腕に抱いて立ちつくすはめになってしまった。そして目の前には背中の毛を逆立《さかだ》てた犬がぬっと立ち、むき出した歯の奥《おく》で大人の犬の低いうなり声をあげている。

「なんだよ、ゴフ」とクリストフィーネは大声を上げ、蹴《け》りまわすアーニャの足が歯に当たったりしないようにした。そして、おとなしくさせるために母親にわたした。

けれどもアーニャは、落ち着くどころかさらに泣き叫《さけ》んで身をよじらせ、床《ゆか》に下りようとした。床には、アーニャから視線を離《はな》さずに待っている犬がいる。

「ゴフはこの子を傷つけたりしないと思うけどな」おだやかな声でユリーヌが言った。

「思うだって？」興奮しておばあちゃんが叫んだ。

ユリーヌは椅子《いす》に腰《こし》を下ろし、膝《ひざ》の間にアーニャを立たせた。すぐに犬がやってきて、女の子は無事かどうか、臭《にお》いをかいで確かめた。だいじょうぶだとわかるとアーニャの両手、顔、さらにはうなじまでていねいになめまわした。アーニャはキャッキャといってはしゃいでいる。ゴフはそれから腰を下ろしたが、ユリーヌがアーニャを放すのを待っているのがはっきり見てとれる。

わけが分からずにおばあちゃんは足踏《あしぶ》みしながら小声でぶつぶつ言っていたが、女の子のほうは割り切ったもので、ユリーヌが放すと早速よちよち歩きで進み、大喜びで大きな犬の首に巻きついた。ちょうどその時、ピムとシーラスがはいってきた。床に寝転《ねころ》がっている犬の姿を目にすると、ふたりともぴたりと動きを止めた。犬は仰向《あおむ》けになって女の子をのせ、両の前足でおさえてやっているのだ。

そんな真似《まね》はやめさせようとピムが思わず動きかかったが、その腕に手を当ててシーラスが止めた。

「遊んでるだけさ」とシーラス。

けれどもそれはただの遊びではなかった。ゴフはアーニャを、まるでいなくなってまた戻《もど》ってきた仔犬《こいぬ》かのように扱《あつか》っている。すると、おばあちゃんが犬を叱《しか》ったので怖《お》じけて部屋の奥に引っ込《こ》んでいたタイスが、そろそろと近づいてきた。ゴフの日頃《ひごろ》の面倒《めんどう》はタイスがすることになっていた。命令に従うよう訓練するのもタイスの役目だった。犬が何かまずいことをすると、タイスはすぐに自分のせいに感じてしまう。

「気をつけな、タイス」とチューリッドが犬に近づく息子《むすこ》に言った。

「なんにもしないよ、おれには」そう保証してタイスは手をそっと犬のほうに差し出した。そして、「さ、放せ」ときっぱりと命令した。ゴフににらまれてもこわくなどないのは自分でもわかっていたが、なぜか犬は命令に従わなかった。

「放せ」と繰《く》り返す。

ゴフは放さなかった。アーニャはもう遊びにあきていて、身をほどこうとしていたにもかかわらず、犬は前足をどけなかった。

「放すんだよ」タイスは思い切って女の子を抱《かか》えようとした。とその瞬間《しゅんかん》、ゴフがその腕《うで》をくわえた。それほど強くはなく、傷口があくほどではなかったが、充分《じゅうぶん》に強くかんだ。

「いい加減にしろよ、なんの真似《まね》だ」タイスは腕を引こうとはしなかった。心の奥《おく》で、主導権は自分にあるのがわかっていたからだ。それはゴフも感じていた。

腕をかんだままにさせられていたことで、犬のほうが迷っていた。

「どうした、ゴフ」

ゴフが恥《は》ずかしがっているのが目に見えた。放したアーニャをタイスが抱《だ》き上げるのをだまってやり過ごすと、首を垂れてすわり込《こ》んでしまった。

「あっちへ行って寝《ね》てろ」タイスは続けて、犬が中にいる時にいつも寝そべる俵《たわら》を指さした。ゴフはのそのそ行って寝そべった。

シーラスは感心した。自分もその場面を息を殺して見守っていたからだ。そして、

「かまれたのか？」ときいた。

「ううん」と否定してタイスは女の子を母親の手に渡《わた》した。

「じゃ、何をされたんだよ」

「警告のつもりさ」タイスはすぐに犬の弁護にあたり、袖《そで》をまくって腕を見せた。歯の跡《あと》がうっすら少しだけついていた。かんだとは言えない。

「前にもこんなことをされたことがあったのか？」

タイスは否定して首を振《ふ》る。

「もしあったんなら、ちゃんと言わないとだめだぞ。人をかむ犬はおいとけないからな」

「ゴフはアーニャのお守《も》りをしてただけだよ。かんだんじゃないよ」

「そろそろさかりがつくんじゃないかな」とピムが割って入った。「アーニャを自分の仔犬《こいぬ》みたいに思ってさ。でも、人をかんだりする犬じゃないよ。羊の番をする時だって、指図するだけで、さわったことなんか一度もないし」

「アーニャが犬にどんとのっかって、こりゃもう危ないって思ったもんだから」とおばあちゃんが、言い訳気味に言った。

それにはみんながうなずいた。

「すむまで家の中へ入れておいたほうがいいかね。さかりがついた時の話だけどさ」そう言っておばあちゃんはみんなの顔を見まわした。「じゃないと、ここいらの雄犬《おすいぬ》がみんな山に集まってきちゃうからね」

「どうしてさ」よくわからないという声でタイスがきいた。

「さかりのついた雌犬《めすいぬ》は、何マイルも離《はな》れたとこからも匂《にお》いでわかるんだよ」との答え。

アーニャはまた床《ゆか》に下り、よちよちお父さんのところまで歩いていってその膝《ひざ》によじ上ろうとした。それがすぐにはうまくいかず、いきなり悔《くや》し泣きを始めた。シーラスは抱《だ》き上げてやる。ふと見ると、犬が俵《たわら》から起き上がり、警告を発するような目でシーラスを見つめていた。

「ゴフ、こっちへ来い」シーラスは犬を呼び、片手を横に下ろした。

ゴフは一瞬《いっしゅん》とまどったが、しっぽと頭を垂れてシーラスのところまでゆるゆると歩いてきて、アーニャの靴下《くつした》をはいた足のにおいをかいだ。

「ここへすわれ」とシーラスは続けて軽くたたいてやった。ゴフはシーラスの足許《あしもと》にすわった。

「この子のお守《も》りをよくやってるぞ」とほめてやる。するとゴフは、その場を動かずにしっぽを振《ふ》って床を二、三度たたいた。タイスが犬の反対側に腰《こし》を下ろした。もう恨《うら》んでないと意思表示をするためだろう。

「何を思ってこいつに名前をつけたんだ？」しばらくしてからシーラスがタイスにきいた。

タイスはシーラスのほうを向き、

「何を思って？」

「うん、どうしてゴフって名前をつけたのさ」

「初めて吠《ほ》えた時、そういって吠えたんだよ」

外の通りで、カワウソ猟師《りょうし》の足音が近づいてくる。すぐに戸が開き、首をのぞかせた。探《さぐ》るようにあたりを見まわしている。「どうかしたのか？　何だかこわばった顔をしてるが」と言って中へ入り戸を閉めた。

みんなは今あったことを話して聞かせた。カワウソ猟師はさもありなんというふうにうなずいた。そして、

「いい犬になる。それからいい子守りにもな」カワウソ猟師は、テーブルの隅《すみ》に置いたカワウソの柔《やわ》らかい毛皮の帽子《ぼうし》に手をのばしているアーニャにほほえんだ。そしてそっと片手を帽子の中へ入れ、テーブルの端《はし》にそって這《は》わせた。アーニャがころころと笑った。

「しーっ」いきなりタイスが声をあげた。耳をぴんと立て戸をじっと見つめているゴフを、タイスが同様にじっと見ている。「何か聞こえるみたいだ」とタイス。「だれか来るらしい」

みんなも耳を澄《す》ましたが、ゴフ以外の耳に足音らしい音が聞こえるようになるまで、かなりの間があった。

「馬かな」とピム。

「二頭じゃないか?」とタイス。

ほかのみんなはただ耳を澄ましている。

「戸を開けて見てみろよ」とタイスがしびれを切らして言い、ピムのほうを向いた。

「いや、やめておけ」とカワウソ猟師《りょうし》が制した。「うちに用があるんなら、自分で戸口まで来るがいい」

シーラスは複数の人間かもしれないような気がして、川の盗賊《とうぞく》のことを思わずにはいられなかった。外は静まりかえっている。

すると何か重いものが頑丈《がんじょう》な板の戸をこするような音がした。ノックをしたわけでもなく、みんなの聞いたことのない音だった。

「熊《くま》かな」と大きく目を見開いてタイスが言った。そのすぐ脇《わき》にはゴフが毛を逆立《さかだ》てて立っていたが吠《ほ》えはしなかった。その場の雰囲気《ふんいき》と戸の向こう側のものが苦手《にがて》のようだった。

するとカワウソ猟師が立ち上がり、閂《かんぬき》を外して外がのぞけるだけほんの少し戸を開けた。いざという時には戸を閉められるよう、シーラスも身構えた。

そこでカワウソ猟師が一気に戸を押《お》し開くと、現われたのは小柄《こがら》で毛むくじゃらの馬の背にまたがったウマガラスのずるそうな笑い顔だった。戸をこすっていたのはその馬だった。そうやって見せ物にされたのが気に食わなかったらしいのは、ウマガラスの顔を見ればわかった。馬が戸を破り床《ゆか》の上に乗り入れるという、計画していた堂々とした入場ができなくなってしまった。だから口をつぐみ、中の連中が落ち着くまで馬の背にまたがって待っていた。わっといきなり拍手《はくしゅ》で迎《むか》えてくれるのを待っていた。

最初に動いたのは、戸口の中まで入ってこようとした馬だった。けれどもウマガラスは首を引込《ひっこ》めようともせず、もしもカワウソ猟師が戸を放し両手で馬具をつかんで馬を通りまで押し戻《もど》さなかったならば、戸の上の横木にそぎ落とされて落馬していたはずだった。

「馬から下りたほうがよさそうだな」カワウソ猟師がウマガラスに言う。

「どうしてさ」ウマガラスが腹を立てて吼《ほ》えた。不機嫌《ふきげん》なのが明らかだった。

「じゃないとその駄馬《だば》といっしょに教会の前の木にしばりつけなきゃならん」

するとウマガラスはしぶしぶ敷石《しきいし》の上におり立った。

「中へ入りなさい」とカワウソ猟師は続けて、手綱《たづな》をピムにわたした。

ウマガラスは首をすくめて戸口をくぐりぬけ中へ入ったが、そこで全員をながめまわし、

「わしの焼酎《しょうちゅう》を盗《ぬす》んだのはだれだ」と、屋外でこそふさわしい錆《さ》びた声できいた。

「いいからテーブルにつきなさいって」とおばあちゃんが答える。

「きいたことに先に答えるんだ」とウマガラス。

「とったのはあたしだよ」

「嘘《うそ》つきやがれ、おまえなんぞが死人のところへひとりで行けるもんか」

「だれがひとりで行ったって言ったのさ」

「わしだよ。床《ゆか》のほこりに足跡《あしあと》ひとつ、あれはおまえじゃない」

「そんなことどうだっていいんじゃないのかい？」とおばあちゃんがききかえす。

「それじゃなにかい、だれかがあんたの箪笥《たんす》の中をひっかきまわして、からにしてもかまわないっていうのか」ウマガラスが怒《おこ》って言った。

「箪笥？　あんた、棺桶《かんおけ》の棚《たな》を箪笥だって言うのかい？」おばあちゃんはひどく傷つけられたようだった。

「それがどうしたい」ウマガラスも言い返す。「あそこに横になってるのはわしの兄貴じゃなかったかね。それからわしの両親もだ。あの洞窟《どうくつ》の墓は、おまえらには全然関係のない場所なんだ」

クリストフィーネはウマガラスの怒《いか》りに満ちた視線を老婆《ろうば》の賢《かしこ》そうな目で受けとめて、

「あんた、川の盗賊《とうぞく》のこと、おぼえてるかい」とやさしい声でたずねた。

「わしが老《お》いぼれたとでも思ってんのか」とウマガラスがかみつく。

「教会で見張りをしていたふたりをつかまえるのにね、うちにあった焼酎の残りを全部飲ましちまったのさ」おばあちゃんが続けて言った。「傷を洗うのにとってあったたったひとつの壺《つぼ》のね」

「傷を洗う？　何を考えてやがるんだい。傷を洗うんなら、石けんを使えばいいじゃねえか」

「だからセバスチャンのところからひとつだけ拝借したんだよ」ウマガラスの言葉には耳を貸さずにおばあちゃんは続けた。

「ひとつだけ？」ウマガラスが叫《さけ》んだ。「それでほかの壺はどうしちまったんだよ」

だまってふたりの口喧嘩《くちげんか》を聞いていたシーラスが話をさえぎった。

「ほかの壺っていうと？」

「ほかの壺全部だよ」ウマガラスはわめき声だ。「どの棚も壺でいっぱいになってたんだ。わしの蓄《たくわ》えをひとつ残らず盗《ぬす》みやがって」

「最後に地下へ入ったのはいつなんだ？」シーラスは知りたがった。

「たった今行ってきたとこだよ。みんななくなってやがる。焼酎をどこへやったんだ、おまえたち」

「ぼくが壺をとってきたのはもう一年以上も前のことだ」とシーラスは答える。

「いいか、わしには頭にちゃんと目がついてんだよ。床《ゆか》のほこりについていた足跡《あしあと》は、一年前のものじゃない」ウマガラスは言葉を吐《は》き出すように言った。

「ぼくはあの子が生まれた日以来、地下には行ってないよ」と言ってアーニャを指さした。アーニャはウマガラスに見とれている。

「大嘘《おおうそ》つきめが」ウマガラスが苦々《にがにが》しげに言った。

「その足跡だけど、どんな履物《はきもの》だったんだ？」とシーラスがきく。

「かかとのついた、町で履《は》く靴《くつ》だ」ウマガラスはためらうことなく答えた。

「だれもここではそんな靴ははいていないよ」とシーラスの答え。

「あの女は、そこの新顔は？」とウマガラスが指さしたチューリッドは、鋭《するど》い視線にさらされて縮こまってしまった。

「履いてるものを見せてやれよ」とシーラスに言われ、チューリッドはかがんで底の平らな木靴を手に持った。山へ来た時に履いていた靴で、もうだいぶすり減っていた。

「それじゃかかとの跡はつかないだろ」とシーラスが淡々《たんたん》と言った。

「じゃ、わしの焼酎《しょうちゅう》がどこへいっちまったのか説明しろ」ウマガラスが怒鳴《どな》り声をあげた。

「ここのみんな以外に、山の中のことを知ってる者がいるんだろうか」シーラスはウマガラスには答えずに言葉を続けた。

ウマガラスは表情が虚《うつ》ろになるほど集中して考えている。そして、

「今までにお前たちのとこに住んでて出ていったやつの全員だ」と、長い沈黙《ちんもく》のあとに言った。「たとえば商人になろうとして町へ行った娘《むすめ》とか」

「メリッサか？　あの子は盗《ぬす》みをしたりする必要なんかないさ、大きな商いの店を取り仕切ってるんだから。それより、山を出ていって今は下の平地の村に住んでる連中とか。そのうちの何人くらいが山の内部のことを知ってるんだろう。山の中に通路があって洞窟《どうくつ》があるのを聞いたことがあるってだけでも」

ウマガラスはすぐには答えなかった。だまって内にこもり、ずっと昔の子供時代を思い出しているようだった。でも、ウマガラスの知っていた人たちはもうとっくに死んでいるはずだ。セバスチャンも死んだし、ウマガラスだってもう……するとウマガラスが首を振《ふ》った。

「もうずいぶん昔のことだけど、カワウソ猟師《りょうし》の家の床《ゆか》からおまえを引きずりあげたやつらがいたけど、あの三人は？」とシーラス。

「わしの知らない連中さ、ただのならず者だ」ウマガラスの顔にいきなり挑戦的《ちょうせんてき》な表情が浮《う》かび上

がった。「あいつら、わしのことを流木かなんかのように扱《あつか》いやがって」

「でも下が空洞《くうどう》になってたことは見たんだろ？」

「中へ入ってく勇気なんかありゃしないよ、あいつらには。それにわしはあの村へは一度も行ったことがない」

「どうしてなんだ」シーラスは知りたがった。

「わしが生まれた時にこの山の上の家に住んでたやつらだからよ」ウマガラスは嘴《くちばし》のように鋭《するど》い鷲《わし》鼻《ばな》をさっとシーラスに向け、ギラギラ燃えるような視線を投げつけた。

「わしがどんなだったか知ってたからさ。わしが不具者だってな」ウマガラスはシーラスに叫《さけ》ばんばかりだった。

「連中がどうしてそのことを知ったんだ？　あんたを見せ物にしたの、あんたの両親じゃなかったじゃないか」

ウマガラスはびっくりしてシーラスの顔を見つめた。

「でもあそこのだれかが、山が洞窟《どうくつ》になってるって話を聞いた可能性はあるわけだ」とシーラスが続けた。

「やっぱりそういうことか」ウマガラスがひとりごとのようにつぶやいた。

「たぶんな。でもその前にまず、いっしょに下へ行って洞窟の墓場をよく見てきたほうがよさそうだな」

「いっしょに？」

「ついていってやるよ」

「ひとの隠《かく》し場所を探《さぐ》ろうってのか？」

「そんなつもりなら、もう何年も住んでるんだから山のすみずみまで時間をかけて調べてまわってるよ」

「そんなこったろうって思った」ウマガラスが文句を言う。

「してないって」

「信じろっていうのか？」

「おまえに嘘《うそ》をついたことがあったか？」シーラスは立ち上がり、「さ、行こう。教会から下りよう」

「ちゃんとした明かりを持ってくんだぞ」とカワウソ猟師《りょうし》が忠告した。「それから予備のもな」

「それから食べ物も」とクリストフィーネが口をはさむ。

特に最後の言葉がウマガラスをとらえ、

「出かける前にちょっとほしいね」とずるそうに言った。

「交換《こうかん》するかい？」とすかさずクリストフィーネが提案する。

「交換って、何を」

「食事と焼酎《しょうちゅう》ひと壺《つぼ》よ」

「冗談《じょうだん》言うな」とウマガラスが鼻で笑った。

「あんた、やせ過ぎだ。よくないよ、家族が見つかったのに」

「何の話だ」とウマガラス。

「甥《おい》っ子《こ》だよ」とシーラスが割って入る。

「からかってんのか？」とウマガラスが不吉な視線をシーラスに向けた。

「全然」とシーラスが保証する。

「まさかそいつじゃないだろうな」と言ってウマガラスはアーニャを指さした。アーニャは奇妙《きみょう》な様相のウマガラスに相変わらず見とれている。

「セバスチャンの息子《むすこ》だよ」とシーラス。

「いい加減にしろ。まぬけばっかりそろってやがる。セバスチャンに女房《にょうぼう》なんていなかったこと、よく知ってるだろ。セバスチャンに子供なんてひとりもいねえよ」

「そうは言ってもね、あんた、ごぶさたしてた間におばさんになっちゃったんだよ」とおばあちゃんがやさしい声で言った。

「どうしてそんなことがわかったんだ」

「その人に会って、話をしたのさ。ここまで訪ねてきてくれてね」

「甥っ子?」ウマガラスはまだ信じていないようだった。「甥っ子なんぞ、別に欲《ほ》しいとは思わないね」と不機嫌《ふきげん》そうに言う。

「でもその人はあんたのことをよく知ってたぞ」とシーラスがからかい半分に言った。

「だからって同じ家族ってことにはならないだろうが」

「そのとおりだ」とおばあちゃんが相づちを打った。「それであんた、ほんとはどんな用事で来たのさ」

「飯を食うまで言わないよ」ウマガラスは単刀直入に答えた。

3　洞窟《どうくつ》の中

「さ、聞かせてもらおうか」食べ終わった時におばあちゃんがきいた。

おかゆは味もよくたっぷりあった。砂糖をふりかけ羊のミルクもかけた。温かく重くなったおなかをかかえて、みんなはテーブルを囲んでいた。正直言って、ちょっと居眠《いねむ》りをしたい気分だった。けれどもおばあちゃんがそうはさせなかった。眠気《ねむけ》半分の気分をしりぞけて、おばあちゃんがウマガラスに面と向かい、

「話しとくれ」と催促《さいそく》した。「食べるものは食べたんだから。用事は何なんだよ」

ウマガラスが少々前にかがんだ。部屋の静けさが別の種類の沈黙《ちんもく》に変化した。やる気のない重々しさから、うってかわって注意深く耳をそばだてている。ウマガラスは冷酷《れいこく》そうに笑って歯をむき出し、

「ここに住む」とぽつりと言った。

それだけだった。だれも息をしていなかった。ハエがテーブルに止まる音さえ聞こえたにちがいな

い。

「わしを家から追い出そうとしてるのさ」だれも何もきかないので、ウマガラスがそう言った。「わしにはあの家にいる権利がないって言い張ってる」

「だってあの家はおまえが買ったんだから」とカワウソ猟師《りょうし》。

「どうなってたのか、おぼえてるやつがもういないのさ。プランク商人は死んじまったし」

おどろいたことに、ウマガラスが急に打ちひしがれているように見えた。いつも喧嘩腰《けんかごし》のくせに、あきらめに似た雰囲気《ふんいき》を漂《ただよ》わせている。病気でもしているかのようだった。

けれども、だれかが慰《なぐ》めの言葉を見つける前にウマガラスはまた背筋を伸《の》ばし、勝ち誇《ほこ》ったようにみんなを眺《なが》めまわした。年月を経ても少しも小さくなったとは思われない大きな鷲鼻《わしばな》が、帽子《ぼうし》と拍子《ひょうし》を合わせて右、左と向きを変えた。

「よく聞けよ」とふだんのがんがん響《ひび》く声を取りもどし、「あいつらが運良くわしを追い出すことができるとしたら、その時にゃ取引は帳消しだ。わしの山を返してもらう」

「山?」何人もが声をそろえて言った。「山ってどの山」

「ここの山に決まってら」と答え、ウマガラスはテーブルの下の床《ゆか》を、鉄片の張ってある長靴《ちょうか》で強く踏《ふ》んだ。

みんなびっくりしてウマガラスを見つめていたが、それぞれが、あの時は実際どんなふうだったのか、成行きを思い出そうとしていた。ひとつだけはっきりおぼえていたのは、プランク商人が立派な馬車で山の上までやってきて、大きな馬車の置き場に困ったことだった。プランク商人は自信たっぷりに馬車をおり、勝ち誇《ほこ》った顔をしてあたりを見まわした。山は何から何まで全部ひっくるめて自分のものだと主張した。家も人も家畜《かちく》も全部。そして下の息子《むすこ》を連れて帰ると言い張った。プランク商人は、兄のセバスチャンが死んだあと山を相続したウマガラスと取引をしたのだった。ウマガラスは代わりに墓掘人《はかほりにん》グラヴァースの赤いレンガ造りの家を町で手に入れた。取引の細かいところは、みんなの知るところではなかった。

それよりもっとよく、みんながはっきりとおぼえていたのは、シーラスが、山はほんとはシーラスのものだと証明したことだった。山はずっと前にシーラスが下の平地の村に住む人々から買ったのだった。その村の連中は、山の上の村のもともとの住民の子孫だった。そう聞いてみんな胸をなでおろしたものだった。

「で、おまえのうちだけど、だれがおまえを追い出そうとしてるって言ってるんだ？」とシーラスがきいた。

「みんなしてだよ」ウマガラスは腕《うで》で大きく抱《かか》えるような仕草をした。「わしには町の家での暮らし方がわからないって言ってな。わしが臭《くさ》いって言いやがる」

「近所に住む人たちみんながか？」

「ひとり残らずだ」とウマガラスが念を押《お》す。

「だけど、風呂屋《ふろや》に行くとかすればいいんじゃないのかな」とシーラスは気を使って言ってみた。

「わしは臭《にお》ったりしねえよ」ウマガラスが爆発《ばくはつ》した。「追い出すためにそう言ってるんだ」

シーラスはとっさにその話は引っ込《こ》めて、かわりに、あの家がウマガラスのものだということが明記してある、書記からもらった書類を持っていないのかときいた。

ウマガラスは最初、シーラスが何を言っているかわからないような顔つきをしていた。

プランク商人が署名して、それから書記も署名、ウマガラスも大きなウという字を書いて署名した書類だ。

「持ってるさ」とウマガラスは言う。「事務室から出て階段を下りた時に手に持ってたし、馬屋の馬のところへ行った時にも手に持っていた」

「それから？　仕切りの中へ持ってったのか？」

「あったりめえよ」

「で、ワラの上においたわけだな？」

「あの馬のそばにか？　わしが間ぬけだとでも思ってんのか？　あいつはなんでも食っちまう」

「じゃ、どうなったんだよ、その書類」

「馬に乗って家に帰る時にも手に持っていた」

「でも家にはまだ墓掘人《はかほりにん》が住んでたじゃないか。あの未亡人が出るまで引っ越《こ》せないでさ」

「だから駄馬《だば》といっしょに洗濯《せんたく》小屋に入ってたのさ。わしがいるってことを見せつけてな。だけどおまえ、なんでそんなことをいちいちきくのさ」

「おまえがあの契約書《けいやくしょ》をどこへやってしまったか、はっきりさせるためなんだから」とシーラスが、少々いらだって答えた。

「それから抽《ひ》き出しに入れた」

シーラスはぎくっと反応して、「どこの抽き出しだ？」

「書き物机に決まってら。人がどうするか、見てわかってたからな」

ふたりの話を聞いていたみんなが息をのんだ。

「どの書き物机だ？」シーラスはさらにきき続ける。

「わしのさ」

「おまえの？」

「うちに帰ってすぐに買ったのさ。書類を入れる場所がいるんでな」

だれも息をしていない。

「で、その書き物机は今どこにあるんだ？」シーラスはウマガラスと馬と書き物机がいっしょの洗濯小屋のようすを心に思い描《えが》いていた。あの馬なら書き物机を平気でかみ砕《くだ》き、破片も書類も食ってしまったはず。

「居間の中さ」ウマガラスの顔を見ただけでは、おもしろがっているのか深刻なのか、よくわからなかった。シーラスは、ウマガラスの小さな赤レンガの家の居間が、古道具屋の奥《おく》の間と同じように良質の家具でいっぱいになっているさまをいやでも思い起こさせられた。シーラスがおぼえているかぎり、あそこには書き物机がいくつもあった。

「どの書き物机なんだよ」シーラスはきいた。

「最初に買ったやつ。通りに面した角においてある」

「ということは、ほかの家具を全部出さなきゃならないってことか」そう言ってシーラスはため息をついた。

「大事にしまっとけって言ったのはおまえじゃないか」

「それはそうだけどさ。――じゃ、行くか」そう言ってシーラスは腰《こし》を上げた。

「どうしてさ。ゆったりすわってるのに」

「いっしょに山の中へ下りて、おまえの焼酎《しょうちゅう》の蓄《たくわ》えを見てくるって約束しただろ？」

「いつも住んでた穴蔵《あなぐら》のほうへ行きたいね」と言ってウマガラスは思わずあくびをした。

「そこはあとで行けるからさ」

シーラスは長椅子《ながいす》をまたいで立とうとして、もう少しで娘《むすめ》につまずきそうになった。アーニャが戸のそばにおいてあったピムの大きな長靴《ながぐつ》を履《は》いて立っていた。そして、長靴の上にピムがのせておいたセバスチャンの古い羊飼いの帽子《ぼうし》をかぶり、庇《ひさし》の下からあたりを見ようとしていた。

気まずい沈黙《ちんもく》が訪れた。アーニャがだれの真似《まね》をしようとしていたか、疑いようがなかったからだ。だれもがウマガラスの反応を恐《おそ》れていた。が、沈黙を破ったのはカワウソ猟師《りょうし》だった。

「おまえに憧《あこが》れている子がいるようだぞ」と笑って緊張《きんちょう》をほぐした。

「そうかい」とよく聞きもせずにウマガラスが答えた。頭の中は消えてしまった焼酎のことでいっぱいのようだった。

ともかく、ウマガラスの真似をしようとした女の子をおもしろがる者はいなかった。ユリーヌはあわてて手を差し出してアーニャを長靴から持ち上げ、頭から帽子を取り除いた。アーニャがたちまち激しく反抗《はんこう》したのは言うまでもない。

その瞬間《しゅんかん》ゴフがユリーヌの前に立ちはだかり、目をむき首筋の毛を逆立てた。

ウマガラスは感心もせずに犬を眺《なが》め、

「この雌犬《めすいぬ》がわしに向かってそんな真似をしたら、あっという間におだぶつだからな、おぼえときな」そう宣言して立ち上がった。そして、ゴフが注意を向ける暇《ひま》もないうちに、シーラスのあとを追って通りへ出ていってしまった。

ふたりが教会に達する前にカワウソ猟師《りょうし》が追いついてランプを貸してくれ、おばあちゃんのろうそくを二本、予備にわたしてくれた。

シーラスは礼を言い、ろうそくを靴下の中におさめた。その間ウマガラスはさらに歩いていき、小《こ》柄《がら》な馬が吹《ふ》きさらしの木の下で半分居眠《いねむ》りしているところへ行った。ウマガラスが近づいてくるのを見ると馬は生き生きとして、いっしょについてきたがった。けれどもウマガラスは、その場に残るよう簡単に言い聞かせた。馬は不満げにウマガラスの後ろ姿を眺めていたが、そのずる賢《がしこ》そうな表情こそ、その馬のいつに変わらぬ特徴《とくちょう》だった。

「いっしょについてきたかったみたいじゃないか」とシーラスは何気なく言ってみた。

「今日はだめだ」とウマガラスの答え。

「ということは、時々連れてくのか？」

「あんまり気が進まないがね。あの豚野郎《ぶたやろう》、大酒食らって酔《よ》っぱらいやがる。正体をなくしやがるんであとが大変だ」とウマガラスががみがみ言った。

「だいじょぶなのかよ、酒なんか飲ませて」びっくりしてシーラスがきいた。

「くず魚を餌《えさ》にしてるからな、あいつは」というのがウマガラスの唯一《ゆいいつ》の答だった。

あの馬は、敷石《しきいし》の間の小さな穴をくぐって山の中へ入ったりできないはずだ、と思った。

「間ぬけだから、それぐらいのこと、やってみようとするかもな」と、あたかもシーラスの考えていたことを察したかのようにウマガラスがつぶやいた。「だけど今日はだめだ」

「何が。なんの話してるんだよ」下へおりていきながらシーラスはきき返し、ランプに明かりを入れた。

「敷石を閉じるんだよ。おまえ、どうするつもりだったんだ？」

「だって、馬はつないであるじゃないか」

「そうかな？　おまえはあのクソ馬をよく知ってると思ってたけどな」疑い深い声だった。ウマガラスは二枚の敷石をずらし、もとの位置にもどした。

シーラスは、その向こう見ずな馬が何度も人の裏をかいた時のことをいやでも思い出し、ウマガラスは正しいと認めざるを得なかった。鉄の鎖《くさり》で年を経た松の木につながれていても、それはつながれていることにはならなかった。ウマガラスがクソ馬と呼ぶその馬は、自分がつながれていたい時間以上につながれていたことがない。そんなことがもう何度もあった。

ウマガラスが入口を閉じると通路が真っ暗になった。そんなことはおかまいなしにウマガラスはあたりまえのように進んでいく。あとからのろのろついて来るというタイプではなかった。大股《おおまた》で歩幅《ほはば》が広い。シーラスは、ウマガラスの歩く道になるべく影《かげ》が落ちないよう、気をつけてランプをかざしていた。転んで骨でも折られたら大変なので、持ってきたランプがすごく役に立った。箱形のランプの四方の壁《かべ》が薄《うす》く削《けず》った角《つの》の板で囲ってあるため、中に閉じ込《こ》められた炎《ほのお》がそんなに揺《ゆ》れないですむ。ウマガラスは相当な早足だったが、足もとの落石を見分けることができていた。シーラスも、セバスチャンが付けた印と標識を確かめられた。セバスチャンはポケットに入れてあった石灰岩で印をつけたにちがいない。

ふたりは比較的《ひかくてき》早く洞窟《どうくつ》の墓の入り口に達した。ウマガラスはためらうことなくせまい隙間《すきま》の中へ消え、中に立って、シーラスがランプを持って入ってきて地面を照らすのを待っていた。ウマガラスはいきなりランプを取り上げ、高くかざして床《ゆか》のほこりについた足跡《あしあと》が見えるようにした。ウマガラスは正しかった。町の人間が履《は》く靴《くつ》、もしくはかかとのついた長靴《ちょうか》の跡がくっきりとたくさん残っていた。大きかったので男のものだ。

それを目にするとウマガラスは猛《たけ》り狂《くる》って悔《くや》しがった。

「また来やがった。上のおまえらのところで、こっちがたらふく食ってた間に来やがった」そう言うと同時に部屋の奥《おく》へ入っていこうとしたが、シーラスが腕《うで》をつかんで引き止めた。まるで木の枝でもつかむような感じだった。

「ちょっと待てよ」シーラスは急いで言う。「何人もいたかどうか、見てわかるか？」言われてみると一理あると思ったらしく、ウマガラスは立ち止まって足もとを照らし出した。そして、

「どれも同じ長靴《ちょうか》の跡《あと》だ」と言った。

「墓を開けてみるのか？」とシーラスがきく。

ウマガラスは何かぼそぼそ言ってから、地面の中央にあった岩に、変に疲《つか》れてすわり込《こ》んでしまった。「いっしょに来たいって言ったのはおまえじゃないか」

ウマガラスがあきらめたような声で言うのを聞いてシーラスは、自分で墓穴をふさいでいた石を取り除き始めた。中が見え始めると、思わず長く細い口笛の音をもらしてしまった。ウマガラスはとっさに何かおどろくべきことがあったのを聞きつけて顔を上げ、

「何だ」と知りたがる。

「来て見てみろよ！」

ウマガラスはシーラスの横に来て、その場に釘付《くぎづ》けになってしまった。死体のまわりが壺《つぼ》で埋《う》まっていたからだ。

「だれかがおまえの焼酎《しょうちゅう》の壺をどこかへやってしまったって言ってたんじゃないのか？」とシーラスはきく。

ウマガラスはただ見つめている。

「何なんだよ、これは」

「だって、からっぽだったんだから――」そう言いかけて腕《うで》をのばし、壺のひとつを手に取った。

「これはわしのじゃない」と言って壺の底を見て、「種類がちがう」

「中身も別のものなのか？」

ウマガラスは栓《せん》をぬき取り、壺の口のにおいを嗅《か》いだ。

「そうだ」と答えて試しに一口飲んでみる。「ラム酒だ」

するとウマガラスは積んであった石の裏に片手を入れ、ぬーっと大きく動かして地面へ落とした。

シーラスは跳《と》んで後じさりし、石が足に落ちてこないようにした。

「見てみろ」ひとことだけウマガラスが言った。

シーラスは、ラム酒はふつうの焼酎よりずっと高価なもののような気がした。もう一度壺を口に当

てようとしたウマガラスをさえぎって、

「飲むのはあとにしろよ」と注意する。「持主が今現われたら、身を守ることができなくなるぞ。おまえはきっと殺されてしまう」

ウマガラスはちょっと考えてみていた。それから、

「おまえの言うとおりだ」と返事をした。「それはそうと、ほかの墓には何が入ってるか、ひとつ見といたほうがよさそうだな。殺されて当然なものが入ってるかどうか」

シーラスはおとなしくセバスチャンのすぐ下の段の石を取り除いた。そこにもほかの墓にも、どこもぎっしり埋《う》まっていた。

ウマガラスはさも満足げに両手をもんでいる。

「厳密に言って、これはぼくたちのものじゃないんだぜ」とシーラスは指摘《してき》した。

「そう、ぼくたち、のなんかじゃない」とそれは認めてウマガラスは、「これはわしのだ、わしだけのもの、全部わしのものだ」と言った。

シーラスは反論してみたが、ウマガラスの声には少しも迷いがなかった。

「そこにあった焼酎《しょうちゅう》は、だれかが持ってっちまうまで全部わしのものだった。だから、それを返してもらうまで、これはその当然の代金と見なすことにする」ウマガラスがはっきりした声で高々と宣

言した。その間シーラスは、セバスチャンの墓に石を積み上げていた。

入り口の外でシーラスは岩場の地面を照らしてていねいに見てみたが、そこで足跡《あしあと》を見つけるのは難しかった。ウマガラスが下へおりて行くと言い張るので、そちらへ歩いていった。だまって前進していったが、突然《とつぜん》、遠いながらもよく通る馬のいななきが耳に達した。ふたりは顔を見合わせる。

「おまえの馬か？」そっとシーラスはきき、身体を半分めぐらしてウマガラスを見ると、もう足早になっていて、

「そうだよ、わしのだよ。だれのもんだと思ってたんだい」との答え。

「だって、敷石《しきいし》はちゃんと閉めたじゃないか」とシーラスは思い出す。

「あいつ、下にいるんだよ。聞こえないのか？」

シーラスは松の木のまわりに縛《しば》りつけてあった鉄鎖《てっさ》のことを思った。

「あいつは松の木を倒《たお》してきただけだよ」とウマガラスが皮肉たっぷりに言った。シーラスがしなかった質問の答えだ。

ふたりとも自然に足を早めていた。シーラスはまたしても借りてきたランプのありがたみを知った。

「呼んでやれよ」とシーラスが言ってやる。「おまえをさがしてるんだから」

するとウマガラスは歯茎《はぐき》の間に指を入れ、耳をつんざくような鋭《するど》い音をさせた。壁《かべ》だろうが閉じら

れた扉《とびら》だろうが、突《つ》きぬけていく高い音だ。けれどもそこでは通用しないようだった。馬はやってこず、かわりに長靴《ちょうか》がもつれるようなかすかな音が聞こえてきた。

ウマガラスの顔が曇《くも》った。「だれかが馬をつかまえやがった」と苦々《にがにが》しげに言う。「じゃなかったらもうここへ来てるはずだ」

ふたりはやがて、すぐ近くに男の低い声を聞いた。息を切らせながら罵《のの》り叱《しか》っている。だれがだれをつかまえているのかはっきりしなかったが、ともかくその男は、しつこい馬から逃《のが》れようと懸命《けんめい》になっているようだった。

シーラスがランプをかざすと、岩壁《いわかべ》を背に、ウマガラスの小柄《こがら》で毛むくじゃらの馬を前にしてはさまれている男の姿が目に入ってきた。片手で馬の頭をおさえ、もう一方の手で何かを背中の後ろに隠《かく》している。

一歩二歩と大股《おおまた》で飛び、ウマガラスが男を襲《おそ》った。

「わしの馬に何をしやがるんだ」と叫《さけ》んだ声が通路の遠くまでやまびこになって反響《はんきょう》していった。

「何にもしてないさ」男はうめいている。「馬のほうが襲ってきたんだから」

「だいたい山で何をしてやがるんだ」男の言うことなど聞かずにウマガラスは続けた。

「そんなこと、おまえの知ったことか」

「ところが大ありなのさ。ここに用事がないのはあんただよ。山はわしのものなんだから」

「山を持つことなんて、だれにもできっこない」と男はいらついてどなり、馬の頭を殴《なぐ》って離《はな》れようとした。

そのお礼に馬は男の肩《かさ》にかみついた。

「何をしやがるんだ、畜生《ちくしょう》」と男の叫び声。

「そっちこそ畜生だ」とウマガラスが答える。

シーラスは馬をおさえようとして腕《うで》をのばしたが、ウマガラスにさえぎられた。ウマガラスはシーラスを押しのけながらその男に、死んだ兄貴からその山を相続したのだと話した。

賢明《けんめい》にもシーラスは、話に口をはさんで自分が山の持主だなどとは言わずにおいた。

「これがおまえの馬だっていうのがほんとうなら、さっさと遠ざけるんだ」と男はおどかすような口調で言った。

「おことわりだね」とウマガラス。「ちょうどいいから、馬があんたをおさえてる間に、わしの山で何をしてやがるのか、話しちまうんだね」ウマガラスはゆっくりはっきりものを言った。言葉の裏に意味があるようなそんな口調を、シーラスは知らなかった。自分の領域を侵《おか》されたと感じた時に見せるウマガラスの反応は、どなり声、罵《ののし》り、おどかしと相場が決まっていたからだ。

「山を所有することなんてできないんだ」と男がまだ頑固《がんこ》に言い張っている。「だれにもできない」

「それができるのさ」とウマガラスは答える。「わしにはできるが、あんたにはできない、ってわけだ。おとなしくして、手足をばたつかせたりなんかしないほうが賢明《けんめい》だぞ。じゃないとこの駄馬《だば》に命を奪《うば》われるからな」その声にはまたしてももうひとつ別の響《ひび》きが込《こ》められていた。

「くそばばあ」と苦々《にがにが》しげに男は言って心に余裕《よゆう》を取り戻《もど》そうとしてみた。けれども、その乱暴な女から何かが男の身体に移っていき、それが恐怖《きょうふ》になって根を下ろしたらしい。シーラスはおどろいた。ウマガラスはそこにいるだけで何もしていなかったからだ。馬だって同じで、そこにいるだけだった。実際ウマガラスはいつもとちがって口のきき方が気がきいていて、ていねいだった。いつものくせで蹴《け》りを入れたり両腕《りょううで》をぶんまわすようなことはしなかった。だからといって怖《こわ》さが弱まることはなかったのだ。

「いいからこの畜生《ちくしょう》だけでもどけてくれよ」岩壁《いわかべ》の男が苦しまぎれに言った。

「まずあんたはだれか、話すんだな」とウマガラス。

「商売人だよ」ふてくされた声でそう言って、馬の頭をどけようとしている。

「なるほど、商売人ね」とウマガラスは繰《く》り返す。「で、何を扱《あつか》ってるんだ？　よかったら話してみな」

「いろんなものを、少しずつ」

「というと?」ウマガラスの声が鋭《するど》くなった。

「おまえの知ったことじゃない」

「ところが知ってるのさ。わしの山を断りなしに倉庫代わりにしやがって、何を隠《かく》してるかわしが知らないとでも思ったら大まちがいだぞ」

商売人はそれには答えなかった。

「さ、話しちまいな」とウマガラスが催促《さいそく》する。「まさかおまえ、ひょっとして焼酎《しょうちゅう》をさばいてるんじゃあるまいな」

男がびくりとした。「と、とんでもない。焼酎なんて全然」

「じゃ、どこへやっちまったんだよ」ようやくウマガラスらしくなってきたとシーラスは思った。のこぎりを挽《ひ》くような昔ながらの声だ。

「どこへも。焼酎なんて見たこともないし」と男は断言して、無実を装《よそお》った声を出した。

「じゃ、かわりにラム酒を扱ってるのかもしれないね」とウマガラスが続ける。今度も男は衝撃《しょうげき》を受けた。

「と、とんでもない」と慌《あわ》てて言って、男は馬の口から片方の袖《そで》を引きぬいた。

「よし。ということは、わしの焼酎《しょうちゅう》がいつもおいてあったとこにあるラム酒はあんたのものではないわけだ」

男は顔色を変えたが、何も答えなかった。小柄《こがら》な馬は、男が背中の向こうの壁際《かべぎわ》に下ろした袖《そで》に、またもや熱心にかみついた。男はそこに何かを隠《かく》し持っていた。

「早くどけないと、こん畜生《ちくしょう》にナイフを突《つ》き刺《さ》すぞ」と苦虫《にがむし》をかみつぶしたような声を出していう。

「知らないようだけどね、あんたの前にいるこの馬、戦闘用《せんとうよう》に訓練されててさ」とウマガラスが答える。「下手に手を出してみな、こっから二度と出られなくなるから。あんたの名前は」

商売人は、ちょっと考えてでもいるようにためらってから、

「ラメス・クロイ」と言った。

「それはちがうねえ、わしはその人を知ってるんでね。その人はこんな面《つら》をしてないし、第一ひとの焼酎を売りさばくような真似《まね》は決してしない」

「さっきから焼酎の話をしてるけど、おまえの焼酎のありかなんか知らないんだから」

「もちろんそうさ、あんたが売っちまったんだからな。――背中に隠してるラム酒の壺《つぼ》をよこしな」

そう言ってウマガラスは一歩前に出た。

男は動かない。

「それを持ってるかぎり、クソ馬はあんたを放さないよ」

するとと男が少し動いた。馬は、目の前に垂れている前髪越《まえがみご》しに、男を興味深そうに観察している。男はシーラスとウマガラスが立っていた側に用心深くそろそろと壺《つぼ》を出し、同時にもう一方の腕《うで》をのばして馬の注意をそらそうとした。けれどもそう簡単にだませる馬ではなかった。ウマガラスと馬が同時に壺を取りにかかった、が、ウマガラスのほうが早かった。馬は男の腕で満足するよりなく、かまれた男の罵《のの》り声が、暗い地下のすみずみにまで響《ひび》きわたった。

別に男の骨をかみ砕《くだ》いたわけではなかったが、ウマガラスが栓《せん》をぬき取る間、馬は男をおさえていた。するともう我慢《がまん》ができなくなり、男などはほったらかしにし、すぐさまウマガラスの身体に鼻面《はなづら》を押《お》しつけて、手のひらに注がれた酒にむしゃぶりついた。

「いいから、いいから、ちょっと待て。こぼしちまうじゃないか」ウマガラスは転ばないように後じさりしたが、それでも地面の中ほどにあった岩につまずいてひっくり返ってしまった。

シーラスが起こしてやる。けがはなさそうで安心した。馬はウマガラスの手の平だけではなく腕まで夢中になめている。ふと気がつくと、商売人がいなくなっていた。

「まったくもう」とウマガラスが言ったが、そんなに残念そうではなく、シーラスは正直おどろいた。ウマガラスは馬のたてがみで指を拭《ぬぐ》った。馬は慣れっこになっているようだった。それからウマガラスは馬の尻《しり》を叩《たた》き、男をさがすように言った。

馬は懇願《こんがん》するような目をウマガラスに向けた。

「急ぐんだよ。あいつをつかまえるまでは飲ましてやらないからな」と、もの問いたげな表情をしている馬に答えて言う。

「さ、つかまえてこい」と、まるで馬が犬のように指さした。

馬は歩き出した。そんなに早くにではなかったが、足音を立てず、しばらくするとランプの明かりの外へ消えた。

「足音をしのばせてる」と、びっくりしてシーラスが言った。「あいつが足音をしのばせてるのを見たか？」

「猫《ねこ》と同じぐらいそっと歩けるよ」とウマガラスが自慢《じまん》げに言った。それからぐっとひと飲みして、栓《せん》を固く閉めた。そして、

「このくらいでやめておこう」と言った。「あいつには上の村へ行って口をきいてもらおう」そして歩き出した。シーラスはランプを取り上げる。

「ろうそくを取り替《か》えたほうがよさそうだ。残り少なくなってる」

「あとでいいだろ」すぐにウマガラスの答えが返ってきた。「この暗闇《くらやみ》の中だ。あいつはそんなに遠

くへ行ってない」ちょうどその時、通路のちょっと先で悲鳴が上がった。

「あの野郎《やろう》、隠《かく》れる暇《ひま》もなかったみたいだ」とウマガラスが解説した。

「どうしてわかるんだ?」シーラスがきく。

「音でわかるのさ」

悲鳴が長く続く訴《うった》え声に変わり、ふたりが近づいてくるのを見ると、商売人はなりふりかまわず助けを求めた。

「腕《うで》が折れちまう、早く、早く来てくれ」

その場に着くと、男は地面に横たわり、男の片腕をくわえて馬がおおいかぶさっていた。「このくそ駄馬《だば》め」と激怒《げきど》した男が馬にわめいた。「こんな怪物《かいぶつ》をたき付けやがって。こんな汚《きたな》い真似《まね》をされたのははじめてただ」

「さあ立て」とウマガラスが命令して、前髪《まえがみ》をつかんで馬を男から離《はな》した。

「ちゃんと押《お》さえてるんだろうな」と下から商売人が情けない声できいた。

「そんなことするもんか。あんたはただわしの言うとおりにすりゃいいんだよ」

「腕を折りやがった」と男は泣き言を言う。

「自業自得《じごうじとく》。さ、立ってどっから入ってきたか教えるんだ」

シーラスはかがんでランプを開け、ほぼ燃え尽《つ》きたろうそくを取り外して新しいのを付けた。商売人は難儀《なんぎ》そうに立ち上がり、腕を押さえて何度も「畜生《ちくしよう》、畜生」を繰《く》り返していた。

「あんたこそ畜生じゃないのかい」とウマガラスは乾《かわ》いた声で言い、「さ、急げ。もう二度と変な真《ま》似《ね》はするなよ。じゃないと、こいつがすぐにまたかみつくからな」

馬の脇《わき》を歩くことになり、商売人は身体を縮めた。

「そんなことしたって無駄《むだ》だよ」とウマガラスが続けた。「上の村へ行って、あんたのやってること、ちゃんと説明してもらうからな」

そう聞くと商売人は、ぐったりと肩《かた》を落とし、

「どうしてさ」と知りたがった。「何にもしてないのに」

「そうなのかい?」ウマガラスの昔の荒々《あらあら》しい鉄の声が、鉄棒のように男の背中に突《つ》き刺《さ》さった。

「わしの焼酎《しようちゆう》の蓄《たくわ》えを全部持ってったのはだれなんだ」

「おれは知らないよ、そんなこと」と男はまたしても言い張った。

「あんたの足跡《あしあと》は、洞窟《どうくつ》の墓の中の足跡とびっくりするほど一致《いっち》してるんだぜ」とウマガラスが続ける。

男はだまっていた。

「あんたが売ったんだよ」とウマガラスが大声を上げた。今度は男もぎくっとした。

「おまけにわしの兄貴の邪魔《じゃま》をした」と同じ鋭《するど》い声で続けた。

「おまえの兄貴なんて知らないよ」と返ってくる。

「あんたはね、兄貴の墓をラム酒なんぞの壺《つぼ》でいっぱいにした。まったくもっての冒瀆《ぼうとく》だ。あそこに入ってく権利などあんたにはない」

「そりゃちがう。おれの両親はあそこに埋《う》まってるんだ。ふたりとも、おれがまだ小さい時に、ペストかなんかで死んだのさ」

「どこに埋めてあるんだ」

「それは知らない。いっしょに死んだからいっしょに埋葬《まいそう》されてるってことしか知らないよ」

男の口のきき方を聞いていてシーラスは、男はたぶんほんとのことを言ってるらしいと思った。その声には悲しみのようなものが込《こ》められていた。乏《とぼ》しい明かりの中で男の顔の表情こそ見ることはできなかったが、ともかく体格のいい大男ではなく、その反対だった。

ウマガラスもだまっていた。大人の骨が二体いっしょに埋められている墓があったかどうか、思い出そうとしてでもいるかのようだった。

そうこうするうちに、カワウソ猟師《りょうし》が罠《わな》などの道具をおいている場所に近づいた。山腹にうがたれた漏斗型《じょうごがた》の穴だ。が、そこにたどりつく前に、商売人が通りすぎる時にもじもじした場所があった。耳を澄《す》ませるような、様子をうかがいでもするような仕草をした。ウマガラスはその結果をいつになない我慢《がまん》強さで待っている。馬さえも、何か思いをめぐらせているようだった。

すると突然《とつぜん》、馬は方向を定め、通路を横切ってごく狭《せま》い岩の割れ目に頭を突《つ》っ込《こ》んだ。どこへ続くとも知れないほど深くて狭い。商売人は怖《おそ》れをなして両手を上げ、シーラスとウマガラスにものを問うような視線を投げた。ふたりともその割れ目には一度も気を留めたことがなかった。その程度の割れ目など、山には五万とあった。

4 新参者

するといきなり馬が消えてしまった。

「やめてくれ、もう」苦しげに商売人がうめいた。「呼び戻《もど》してくれよ」

「こんな狭《せま》い場所で馬の向きを変えられるっていうのかよ」ウマガラスが辛辣《しんらつ》にきいた。

それには答えずに商売人は、心配で仕方ないといった態度を全身に現わして、馬のすぐあとについて割れ目に入っていった。

「こんな狭いとこに入って、はさまらなきゃいいが」とつぶやいてウマガラスはスカートの裾《すそ》をまとめた。

「あとを追うのはやめとけよ」とシーラスが忠告する。「追いぬくことはできないんだからさ」

「あんな野郎、踏《ふ》み倒《たお》して踏みつけてやる」とウマガラスが吐《は》き出すのがシーラスに聞こえた。そしてウマガラスもいなくなり、シーラスはひとり取り残された。

耳を澄《す》ませて割れ目の中に首を入れてみた。それに身体が続く。なにひとつ聞こえない。それからランプを頭上にかかげ、前が見えるようにした。でも割れ目が右に折れ左に折れして前方に続くだけで、見通しがきかない。シーラスはその入り口に一度も気を留めたことがなかった。岩壁《いわかべ》には狭《せま》い割れ目やひび、歪《ゆが》んだ穴の類が無数にあった。でも今は進んでいくよりほかに道がなかった。ほかのみんながどこへ行ってしまったのか、確かめるためにも行くしかない。途中《とちゅう》、適当な距離《きょり》をおいて壁にきちんと印を付けていった。けれども脇《わき》にそれる通路はなく、迷う心配はなかった。

するといきなり道が穴蔵《あなぐら》に出た。以前、人が住んでいたと思われるような場所だった。そして今でもだれかが住んでいるようだった。少なくともそこにはまだ年若い女がすわっていた。というより大人っぽい少女が、後ろの壁の葦《あし》で作った寝床《ねどこ》に押《お》し込《こ》められていた。馬が現われて毛むくじゃらの頭を突《つ》きつけるまで、きっとそこに横になって寝ていたのだろう。おまけにウマガラスまで登場したものだから、寝覚めが良かったはずがない。間に立っていた男には目もやらなかった。

反対側の壁際の石の上には、燃え尽《つ》きかかったろうそくが立っていた。そこには焚《た》き火をたいたあともある。灰が少しと少々焦《こ》げた薪《まき》、ずいぶん昔からのものらしい煤《すす》のあとが、壁にそって幅《はば》広く天《てん》井《じょう》まで広がっていた。煙《けむり》が逃《に》げ出せる隙間《すきま》が天井にはあるのだろう。

家具らしいものはなかったが、でこぼこの岩壁のあちこちにはいろんな種類の袋《ふくろ》やら箱やらがおかれている。そこを中継地《ちゅうけいち》にして貯《たくわ》えてあった商品にちがいない。ウマガラスとシーラスは女の子を見ていた。商売人がその子に、起きるよう、短く言いつけた。

「でもこいつに近づくんじゃないぞ」と言って馬を指さす。「さわったりすると腕《うで》を食《く》われちまうからな」

にもかかわらず女の子は、魅《み》せられたようにその小柄《こがら》で毛むくじゃらの馬を見つめ、片手を差し出した。

「ひとの話を聞いてないのか？」と商売人が大声を出す。

言われたとおりにするかわりに女の子は葦《あし》の束の中へ腕を入れ、ごそごそやってからひからびたパンの端《はし》くれを取り出して馬に差し出した。促《うなが》すまでもなく駄馬《だば》は葦の束を踏《ふ》んづけて近づき、贈《おく》り物を受け取って音を立ててかみ砕《くだ》いた。そして、もっとないかとあたりを見まわしている。でもそれしかなかった。女の子はからっぽの両手を広げて見せる。それで納得した馬は葦の上に身を投げ出し、深いため息をついたかと思うと眠《ねむ》りに落ちてしまった。

シーラスは、ユリーヌが初めてサンクト・セヴェリンの小さな青い馬、オツキサマに出会った時のことを思い出していた。今もそれと同じで不思議に心が通い合っていた。

商売人は両手をぐったり下ろし、あきらめたような表情をした。そして、

「ここに住んじゃいけないかねえ？」ときいた。「時々来るだけで長居はしないが、今はちょっと、ほかに住むとこがないんでね」

「それは村のみんなにきいてみよう」とシーラスが答えた。「住めそうな穴蔵《あなぐら》があるって、どこで知ったんだ？」

「子供ん時から知ってたさ」と商売人が短く答えた。

「さてと、どうするんだ？」とシーラスは続けてウマガラスを見た。

「村へ行くのさ、もちろん」との答え。「その途中《とちゅう》だし、ともかくわしは腹が減った」

「じゃ、おまえが先頭を行くんだな」とシーラスが商売人に言うと、男はだまってうなずいた。みんなは細い山ひだをぬけ、ほとんど足の踏《ふ》み場もないような狭《せま》い岩棚《いわだな》に出た。岩側は垂直にそそり立ち、足もとでは川が黒く深くほとばしっている。刻《きざ》み目のように入り込《こ》んだところには葦《あし》が山のように生え、あたりを圧倒《あっとう》していた。シーラスはそこが気に入らなかった。

注意に注意を払《はら》って一歩ずつゆっくりと、山側に沿い、水際すれすれに前進していった。女の子はたえず馬の前髪《まえがみ》をしっかりと持ち、そのすぐ後ろではウマガラスが、馬が脚《あし》を滑《すべ》らせでもしたらすぐにしっぽをつかめるように構えていた。だれも口をきかなかった。全員がバランスをとることに心を集中し、突端《とったん》のようなところをまわって見知った場所に出て初めてほっとしてあたりを見まわした。

そこはカワウソ猟師《りょうし》が罠《わな》を仕掛《しか》けるところだった。そこからは山を上がっていく道に難なく出られる。

山の上の村では、みんなが混乱し不安のとりこになっていた。シーラスはどうして戻《もど》ってこないのか、ウマガラスはなぜ姿を見せないのか。洞窟《どうくつ》の墓場へ行っただけではないか。そんなに遠くないはずだ。どうして敷石《しきいし》を閉じていったのか。馬はどこへ行ってしまったのか。馬をつないであった木は倒《たお》れそうになっていて鎖《くさり》が外れている。でも馬の姿はない。みんなは山の上のほうの空き家をことごとく調べてまわった。敷石も上げて通路の奥《おく》を呼んでみた。けれどもどれも結果をもたらさなかった。

そんなわけで、いなくなっていたふたりが山道を歩いてくるのを目にした時のみんなの混乱ぶりは、少しも衰《おとろ》えていなかった。おまけに見知らぬ者をふたり連れていて、そのうちのひとりは大人じゃなかった。なおかつ小柄《こがら》の馬がいつものようにウマガラスではなく、おとなしくその子についてきていた。

「で、こいつはどうするんだよ」とピムがきき、うんざりだという表情を丸出しにして馬を指さした。

「この馬も、ほかのみんなと同じように疲《つか》れてお腹がすいてるわ」と見知らぬ女の子が言った。

「こいつが村に残るんなら、鉄棒で檻《おり》をこしらえなくちゃいけないぞ」とピムは続ける。

「あんた、自分もそうして閉じ込《こ》められたいの」と女の子がきいた。

「その馬のこと知らないんだよ、おまえは」と答えてピムは肩《かた》をすぼめた。「そいつを今朝つないだ鎖はどこにあるんだ？」

「山の中のどっかさ」とウマガラスが答えた。「何かに引っかかるといけないから、わしが取ってやった」

「山の中へこいつを連れてったのか？」ピムはあきれていた。

「そうじゃない、こいつ、自分でやってきたのさ」ウマガラスが自分の馬が自慢《じまん》で仕方ないらしいのが聞いていてわかった。馬は犬の代わりにもなっていた。

「その話はまたあとで聞くことにしてさ」とおばあちゃんが言った。「ま、中へ入りなよ。外に立ってちゃ寒いから」

「でも馬はどうするんだよ」とピム。

「いっしょに入ればいいじゃない」と女の子が提案する。「そうしたがってるんだから」

それがどういう意味なのかみんなが納得する前に、女の子はさっさと馬をおばあちゃんの家に連れて入り、犬の場所に横にならせた。

おばあちゃんがそのあとを追うように走ってきて、馬を外へ出そうとした。「そんなことはさせないよ。この家にゃ、犬しか入れないんだから。馬にはちゃんと馬屋がある」

「犬？」とびっくりして女の子がきいた。「どんな犬？」

おばあちゃんはあたりを眺《なが》めてみた。ほかの連中がひとりふたりと戸口から入ってくる。テーブルの下に隠《かく》れている犬を女の子が見つけて、

「そんなとこにいたの」と、かわいそうにと言わんばかり。「踏《ふ》まれないように隠れてたんだ」

ピムは、小柄《こがら》の毛むくじゃらの馬が犬用の俵《たわら》の上に横たわっているのを見て大笑いをした。馬は歯をむき出してほほえみ返す。

「本気で言ってるんだからね」とおばあちゃん。「あたしが住んでるとこへその馬は入れないよ。さ、追い出しとくれ」

ウマガラスは何も言わなかったが、内心おもしろがっているようすだった。

「よし、どうすりゃいいかわかったぞ」とピムが言う。「お客さんがセバスチャンの古い穴蔵《あなぐら》に住むんなら、この駄馬《だば》もそこへ入れりゃいい」

「『お客さん』はそうするより仕方なさそうだ」とウマガラスが答えた。「わしの家具はもう外へ運び出してるんだからね」

「だれがだ?」とカワウソ猟師《りょうし》とシーラスが口をそろえてきいた。

「わしを家から追い出そうとしてるやつらだよ。わしに住んでほしくないやつら」

「じゃ、その書類、家はおまえのだっていう証拠《しょうこ》は、中庭に出されてるってわけか?」

「じゃなかったらどうなんだよ」とウマガラスがきき返した。

シーラスはしばらく迷っていたが、

「おまえ、ポケットの中に持ってるんじゃないのか」

ウマガラスが素《す》っ頓狂《とんきょう》な声を上げ、スカートの奥《おく》のほうからくしゃくしゃになった紙を一枚取り出し、その場を動くことなくシーラスに突《つ》き出した。シーラスはしわを伸《の》ばして読み始める。

「これは証書じゃないよ」

「抽《ひ》き出しに入ってたんだぞ」とウマガラスは、証拠はそれで充分《じゅうぶん》と言わんばかり。

「部屋のいちばん奥の書き物机の抽き出しだな？」とシーラスは念を押《お》す。

「えーと、別の机だ」

シーラスはウマガラスに紙切れを返した。

「じゃ、何なんだよこれは」とウマガラスは知りたがった。

「何でもないよ。おまえの家とはまったく関係がない」

「だって抽き出しに入ってたんだから」とウマガラスは文句を言う。

戸口に立っていた商売人が、女の子にそばに来るようにとの合図を送った。戸は半分あいたままになっていて、ふたりとも、今なら容易に外へぬけ出て消えてしまうことができる。けれども女の子は気がつかない振《ふ》りをした。もうどこへも行きたくなさそうだった。かわりにおばあちゃんが、何かありそうだととっさに感じとって、女の子に向かって名前をたずねた。

「よくわかんない」と女の子が答える。

おどろいた視線をおばあちゃんが商売人に投げかけたので、ほかのみんなも男のほうを見た。「この人になんて呼ばれてるんだい？」

「いろんな名前だよ」むっとして女の子。

「たとえば？」

「オリヴィア、エスメラルダ、ペトロネラ、イルメリネとか、ひとがつけてない名前ばっかり」

「で、そこのあんたの父さん、父さんの名前は？」

「父さんなんかじゃないよ」とすぐに返ってきた。

「でも名前はあるだろ？」とおばあちゃん。

女の子は目を伏《ふ》せて答えなかった。ヨアンナが、話がよく聞けるようにふたりのそばへやってきて、

「父さんじゃないんなら、どうしていっしょに旅をしてまわってるの？」と知りたがる。

「流れに逆らって川を上る時、舟《ふね》を曳《ひ》いてあげてる」きまり悪さなど少しも見せずに女の子が答えた。

「この人の舟を？」おばあちゃんとヨアンナが声を高めた。

「ちがう、そんな舟《ふね》じゃないの」ふたりの言ってることがわかって女の子はすぐに訂正《ていせい》した。「平底のボート」

「で、そいつはおまえが曳《ひ》いてる間何をしてるのさ」とウマガラスが商売人に視線を向けて鋭《するど》くきいた。

「舵《かじ》を取ってる。――ボートが浅瀬に乗り上げないように」はきはきと女の子は説明した。

「ま、そうだろな」とウマガラス。

「でもたまには場所を変わって、その人が曳くこともあるわけだろ？」とおばあちゃんは念を押《お》す。

「ううん、あの人全然曳けないの。すごく背中が痛くなっちゃうから。あたしがいつも曳いてる」

「あいつは山ん中で、名前はラメス・クロイだって言ってたぞ」とウマガラスが口をはさんだ。

「ラメス・クロイはあたしのお父さんの名前だった」と女の子はためらいがちに低い声で言い、心配そうな目を商売人に向けた。

「だった？」とおばあちゃんがききただす。

「二年前に死んだの」と悲しそうに女の子。

「で、その人があんたの面倒《めんどう》を見るようになったわけだね？」少々きつい声でおばあちゃんが言った。

「お父さんがそうするように頼《たの》んだって。食べ物も着る物もくれるからって」女の子は恥《は》ずかしそうに告白した。

「なるほどね」と言っておばあちゃんは女の子のスカートとブラウスを眺《なが》めた。どちらもすり切れていて、洗濯《せんたく》したことさえないようだった。

「その人が買ってくれたのかい？」ときき、あごをしゃくって女の子の着物をさした。

女の子は顔を赤くし、それはお父さんが最後にくれたものだと打ち明けた。

「それをずっと着たままでいるわけだ」

女の子はうなずいて、「これしかないもん」とささやいた。

「その服、ちょうど二年分小さすぎるよ」とおばあちゃん。「で、食べ物は？　服がそんなじゃ、あんた、いつもお腹をすかしてるんじゃないのかい？」

女の子は床《ゆか》に目を落とし、きまり悪さに裸足《はだし》の脚《あし》をもじもじさせている。しばしの沈黙《ちんもく》が訪れた。

おばあちゃんが怒《おこ》って口許《くちもと》を引き締《し》めた。

そこへウマガラスが割って入り、女の子に、商売人は山のあちこちに品物を隠《かく》す場所を持ってるのか、ときいてみた。

「言っちゃいけないことになってるけど、持ってるみたいよ」

「どこだか知ってるのか？」

女の子は目をそらし首を振《ふ》った。「穴蔵《あなぐら》にいろって、いつも言われてるから、あたし寝《ね》てるの」

「ボートは？　ボートはどこにおいてあるんだ」

「穴蔵から出たとこの葦《あし》の中」

「なあるほどね」と情報を仕入れたウマガラスの頭で帽子《ぼうし》が揺《ゆ》れた。

「こんなにいろいろ話しちゃって、あんた、どうなるのさ」とおばあちゃんが知りたがった。

女の子は肩《かた》をすぼめ、「ぶたれる」とはっきり言った。「人と話をしちゃいけないの。だからいつも夜中に旅をしてる」

それまでアーニャを腕《うで》に抱《だ》いてひとりでいたユリーヌが、子供を床《ゆか》に下ろした。するとアーニャは、もう癖《くせ》になっていたと見えてすぐさま犬の場所へ飛んでいった。飛びのって遊ぶつもりだ。ところが今回ばかりはふと足を止めた。いつもよりずっと大きい見知らぬ犬が場所を占《し》めているのを目にして困惑《こんわく》している。

これも見知らぬ女の子が両手を広げ、やさしくほほえみながら「さ、いらっしゃい。何がそこにいるか見せてあげるよ」と言った。

アーニャは女の子を距離《きょり》をおいてじっくり観察していたが、やがて、馬をよけて横歩きで女の子の腕の中へ入っていった。テーブルの下ではゴフが立ち上がり、うなり声を上げ始めていたが、アーニャは新しい「犬」にすっかり心を奪《うば》われていて、ゴフなど気にも留めていない。けれども女の子は気がついて、ゴフのほうに手を差し出し、

「こっちへ来な、ワンちゃん。さ、来なさいったら」

ゴフがこわばった脚《あし》で近づいてくる。女の子の声がますますやさしく誘《さそ》うようになるので、犬は目に見えて迷《まよ》っているようすだった。アーニャは泣いてなんかいないし、うなり声を上げる必要があるのか。見知らぬ女の子は親切さそのもののように輝《かがや》いているし、俵《たわら》の上の大きな生き物も身動きひとつしていない。歯向かうのが難しかった。ピンと後ろに延ばされていたゴフのしっぽがふだんの位置に下ろされた。そして、ゆっくりと近づいて、差し出されていた見知らぬ指を、点検するかのようにかいでみた。

「よしよし、ワンちゃん」と声が言い、指が首をかいてくれた。部屋の中では話し声が途絶《とだ》え、みんなが床での出来事を見守っていた。何かあるといけない、と身構えていたが、何も起こらなかった。ゴフは満足げにしっぽをひと振《ふ》りして床を叩《たた》き、馬のほうに注意を向けた。馬が頭を上げ、耳を立てた。シーラスはその場の雰囲気《ふんいき》があまり気に入っていなかった。が、下手に割り込《こ》んで思わぬ戦闘《せんとう》状態を引き起こしてしまうのも気が引けた。それに、女の子は目の前の出来事をちゃんと制御《せいぎょ》できてるようだったし。

犬が用心深く鼻面《はなづら》を突《つ》き出した。逃《に》げ腰《ごし》だ。すると馬のほうも同様にそろそろと鼻面をのばし、くっつきそうになった。両方の鼻の先がぴくぴくと動かされ、どちらも変に物思いに沈《しず》んだような表情をした。それから犬のほうが少々後しざりし、馬は頭をおろした。

その場面を眺《なが》めていたウマガラスは、いざという時には乗り出す構えだった。自分の馬の邪魔《じゃま》はだれにもさせない。それはすでに山の中で商売人に見せつけておいたことだった。思わず頭をめぐらして戸口のほうを見ると、まだ閉まっていたが、商売人の姿が見えなかった。みんなで犬と馬に見とれていた間に、半分あいていた戸の外へそっと出て、走り去ったものらしい。

「あの男、どんな良心の持主なのかしらねえ」と、ウマガラスの視線に気がついたヨアンナがおだやかに言った。

「あいつか?」とウマガラスが金切り声を上げた。「この近辺でいちばんの悪者だよ。急いで山を下りてってボートを川に浮《う》かべ、わしのラム酒の壺《つぼ》をみんな積み込んでどっかへ行っちまうんだ」

「あんたのラム酒?」おばあちゃんとクリストフィーネが同時にきいた。

「あいつが持ち去っておそらく売っ払《ばら》っちまった焼酎《しょうちゅう》の代金さ」とウマガラスが説明した。

「あいつ、両親が洞窟《どうくつ》の墓に埋《う》められてるって言ってなかったか?　いっしょに死んだからいっしょに埋められてるって」シーラスがきいた。

「そんなのでたらめの嘘《うそ》っぱちだよ」とためらうことなくウマガラスが決めつけた。

「あたしのお父さんの両親がいっしょに死んでいっしょに埋《う》められたの」と女の子が説明してくれた。

「で、あいつはおまえをほったらかして逃《に》げちまったわけだ」と言っておばあちゃんはため息をついた。

「あたし、曳《ひ》き馬がわりにされるの、もういやだったし」と女の子が言う。「もしここにおいてくれるんなら、あたしあんたたちのために働きたい」アーニャをしっかり抱《だ》いてすわっていた女の子は、だれの顔を見るともなくそう言った。

「あたし強いんだから」と、だれも何も言わないので続けて言った。「働くの大好きだし」

みんなは思わず品定めするような目で女の子を見た。

「ちょっとやせ過ぎてるんじゃないのかねえ」とおばあちゃん。「なんとかしなくっちゃ」

「まず、おまえがだれなのかがわからないとな」と真面目な声でカワウソ猟師《りょうし》が言った。「かあさんはいないのか?」

「あたしがまだ小さい時に死んじゃった。顔も覚えてないくらい。家族は町に住んでて、お父さんは港で働いてた。でも二年前に港に落ちて溺《おぼ》れてしまった。あたしが十四になるちょっと前。するとその日のうちにオルファートが来て、お父さんからあたしの面倒《めんどう》を見るように言われたって。変だと思った。だって、港に落ちて溺れるなんて知らなかったわけだから」

「それでいっしょに行ったんだな？」

「ほかにどうしていいか、あてもなかったし」

「オルファート、って言ったな？」とカワウソ猟師《りょうし》。「それがあいつの名前か？」

女の子は首を振《ふ》った。「そう呼べって言われてるだけで、あの人いろんな名前を持ってる。——人に見つけられないようにしてるのよ。いつも旅をしてて——あたしもう旅をするのにあきちゃった」

「そりゃそうだ、ボートを曳《ひ》くのはいつもおまえだからな」

「でも強くなるよ」と女の子。

「だけどかあさんがつけてくれた名前があるだろ？　ほんとの名前が」

「うん。あたしのことおかあさんはウルスって呼んでた」

5　家具の競売《きようばい》

ウルスは、おばあちゃんの家の奥《おく》の小部屋にチュステといっしょに暮らすことになった。華奢《きやしや》に見えたにもかかわらず本人は強いと言っていたが、それがほんとなのがわかった。ウルスは雨の日も風の日も商売人のボートを二年も曳《ひ》いていて、その二年間、一日二食しか食べさせてもらっていなかった。それなのにウルスは、若い娘《むすめ》にしては尋常《じんじよう》でない強さを次第に身につけていた。オルファートのほうは、ボートに腰掛《こしか》けて咳《せき》をするか、せいぜい立ち上がって水中の砂地に竿《さお》をさすぐらいのことしかしていなかった。

「これからどうするのかね、あの人」とおばあちゃんが、小部屋にふたり寝《ね》られるように寝具《しんぐ》を調《ととの》えながらきいた。

「別の子を見つけるんじゃない？」と答えてウルスは肩《かた》をすぼめた。「一日二食出してもらえるんなら舟《ふね》を曳いてもいいっていう若い子は、男だろうが女だろうがたくさんいるよ。あの人、食べ物に関しちゃけちじゃないから、夜も朝も食べたいだけ食べさしてくれる。でも、粗食《そしょく》。パン屋で安く分けてもらう乾《かわ》いたパンと、自分で茹《ゆ》でなくちゃいけない野菜だけで、肉もほかのごちそうもなし。ちゃんと食べさせないと、ボートを速く曳《ひ》いてくれないのがわかってたんだ。でもいちばんつらかったのは、ほかの人と口をきいちゃいけないことだったな」

「ほかにもしたい子がいるなんて、どうしてわかるんだい？」

「あたし、やっぱり人と話をしてるからよ。機会があるごとに」とウルスは答えた。

「見つかったらどうするのさ」

「殴《なぐ》られる。殴るよりほかにどうしていいかわからない人だから。でも、働けなくなるほどひどくは殴らなかった」

ウルスが服を脱《ぬ》ぐ間、おばあちゃんはしばらく立って見ていた。そして、

「そのほかの子たちって、施設《しせつ》の子かい？」ときいた。

ウルスは首を振《ふ》り、

「施設の子は全然元気がないからだめ」と答えた。「でも別に子供じゃなくてもよくて、おとなの男や女のこともあるけど、いつもほかに手だてのないひとばかりで、共通してるのは、どんなに働いたってお金はもらえず、もらえるのは食べ物と、それと寝《ね》るとこだけ」

「どうしてそんなによく知ってるのさ」

「お父さんがあの人知ってたから」

「おまえの父さんも舟《ふね》を曳いてたのかい？」

「ちがうよ。ふつうの仕事。ちゃんとした舟で積荷の上げ下ろしをしてた。じゃなかったらあたしの面倒《めんどう》なんか見てられなかったし」

「そうだ、そうだよね。気がつかなかった」と言っておばあちゃんは、白髪《しらが》のほつれを撫《な》でて直した。

「夜はどうしたんだい？　どこで寝てたのさ」

「ほとんど毎晩移動してたんで、いつも昼間寝てた。あの人、納屋《なや》とか離《はな》れとか、お金を払《はら》わないで泊《と》まれるとこを知ってたから」

「それで？　あいつ、あんたといっしょに寝てたのかい？」おばあちゃんは用心深くきいてみたが、ウルスはただ首を振《ふ》っただけで、

「まだそんなことしてないけど、こう、変な目であたしを見るようになって。だからあたし、あの人から離れたいの」

「よくわかるよ」とおばあちゃんは言ったが、ウルスの身体がそんなに汚《よご》れていないのが不思議だった。服はあんなに汚《きたな》くなっているのに。そこできいてみる。

「それは毎朝ボートをつないでから川に飛び込《こ》んでたからよ」と笑って答えた。

おばあちゃんは布団《ふとん》を引き上げてきちんとかけ直してやり、ウルスの頬《ほお》をそっと撫《な》でてあげた。ウルスは急いで目を閉じて、にじみ出てくる涙《なみだ》を隠《かく》そうとしたが、おばあちゃんはもう見てしまった。

「村の仕事はそんなにたやすいことじゃないからね」とおだやかな声でおばあちゃん。

「じゃ、ここへおいてくれるのね？」とウルスが声を上げると、

「明日あんたにもっとましな服を見つけてあげなくちゃね」と言ってそれに答えた。

ウルスは半分起き上がり、おばあちゃんの首に両腕《りょううで》を巻きつけた。そんなに激しい感情のほとばしりにおばあちゃんは不慣れだった。「全力尽《つ》くして手を貸すわ、あたし」とウルスが言った。

「かわいそうな子だ」と、ウルスを寝《ね》かせてからおばあちゃんはひとりごとを言った。それから自分も寝床《ねどこ》に入り、家は静かになった。

翌朝早く、シーラスとウマガラスがセバスチャン山を出発した。シーラスは、ウマガラスの町の家がどうなっているのか、だれが家から追い出そうとしているのか、調べて手を貸してやることにした。その日は凍《い》てつくような天気で、シーラスは、町で一晩過ごさなければならなくなる時の用意に、毛布を持って出た。

ウマガラスはセバスチャンの穴蔵《あなぐら》で夜を明かした。馬はそばの床《ゆか》に横にさせたが、馬もウマガラスもそれで満足だった。馬屋の臭《にお》いがしたがそれは気にならず、セバスチャンの残した毛皮のぼろがあんまり温かくなかったことをのぞけば、申し分のない寝床だった。

シーラスは、おばあちゃんの家に明かりがついているのを見て、出かけてくると声をかけるためにそっと戸を叩《たた》いた。

すると、心の隅《すみ》で願っていたようにおばあちゃんはもう起きて服を着ていて、テーブルにコーヒーとパンとチーズを用意して迎《むか》えてくれた。女の子たちはふたりともまだスヤスヤ眠《ねむ》っていた。起こした時には口をきかずむっつりしていたウマガラスも、テーブルを見ると目に見えて生き生きとしてきた。後先も考えずにウマガラスは馬を下り、馬を連れて敷居《しきい》の中へ入ってきた。ウマガラスがついてくるように言ったわけではなかったが、外にいるように言いつけたわけでもなかった。どちらも、中へ入っても犬の場所があるからだいじょぶだろうと、前の日の経験にもとづいてしたことだった。それに犬は今、ピムとほかの羊たちといっしょに羊小屋にいるはずだった。

けれども、用心のため、と言うよりおばあちゃんのためにシーラスは、馬にたえず目を光らせることのできる位置に席を取った。そいつが家具に歯を立てたりすることがないようにだ。

シーラスとウマガラスが眠気《ねむけ》から覚めたころを見計らって、クリストフィーネはウマガラスに向かい、本物のラメス・クロイについて何を知っているのかとたずねてみた。

ウマガラスはゆっくり時間をかけてパンの端《はし》をコーヒーに浸《ひた》してから、それを音を立てて吸い込《こ》むように口に入れた。

「ま、ここに来たあいつじゃないってことぐらいはな」と言ってウマガラスはくちゃくちゃかんだ。

「でもあんた、その人を知ってるって言っただろ?」おばあちゃんは食い下がる。けれどもその話題にはあまり興味がなさそうだった。頭にあったのは、ウマガラスの焼酎《しょうちゅう》をすべて盗《ぬす》み、今頃《いまごろ》は洞窟《どうくつ》の墓場にあったラム酒の壺《つぼ》を全部ボートに乗せて逃走《とうそう》しているにちがいない、信用のおけない商売人のほうだった。

おばあちゃんは黙《だま》ってしばらく待っていたが、ウマガラスが何も言わないので、もう一度ラメスのことを話題にのせ、

「何を知ってるのさ」ときいた。

「ほんの少しだ」

「というと?」

「あいつはひとをだましたりしなかった」ほめてるような残念がっているような言い方だった。「それに、子供を大事にしてた」

「もうひとりの偽者《にせもの》のほうはそうじゃないって言うんだね？」

「あの子を曳《ひ》き馬がわりに使いやがって」といまいましそうにウマガラスは言った。

「この山に住んでたの？」

「山で生まれた」

「それから？」

「うん、それで外の世界へ出ていった。みんなそうしてたけどな」そう言ってもっとコーヒーをもらおうとしてカップを差し出した。おばあちゃんは半分注ぎ、ウマガラスがパンを食べながらおしゃべりできるようにしてやった。その間シーラスは、待たされるのでだんだんイライラしてきていた。おばあちゃんの家の戸の前で止まったことを後悔《こうかい》しそうになっている。

「その人がどこへ行ったか、知ってるかい？」おばあちゃんは糸をたぐる。

「プランクの町に決まってら。ひと旗揚《あ》げようってやつはみんなあそこへ行くのさ、そして何にもならねえで終わっちまう」

「どう意味だ、それ」とシーラスが口をはさんだ。

「結婚《けっこん》なんかしたんだぞ」

「それがどうしていけないんだよ」

「子供ができてさ」

「それで？」

「それでもちろん母親が死んじまって」

「どうしてもちろんなんだ？」

「ただそういうことよ。あいつはまだ二歳《さい》の子供をかかえて残された。山には二度と帰ってこなかった。水に落ちて溺《おぼ》れちまったよ。――なのにあの商売人なんぞがあの子を手に入れやがって。曳《ひ》き馬にだ」

シーラスは、男物の長靴《ちょうか》を履《は》いた背の高い女を初めて目にした時のことを思い出さずにはいられなかった。当時のウマガラスは、自分でも、刃物研《はものと》ぎの車を引かせるのに子供を使っていた。ずっと昔のことで、ウマガラスはもうおぼえていないのだろう。シーラスは、そのことは思い出させたりしないようにした。今は仲間割れをしているような時ではなかったからだ。

部屋の隅《すみ》で馬が起き上がった。

「よし」とシーラスは、馬に何かきかれたかのように答えた。そして自分も立ち上がり食事の礼を言った。馬は戸の前に立って待っている。

「あの子、この馬が気に入ってるみたい」とおばあちゃんがつぶやいた。ほかのふたりには、おばあちゃんの言っているのが新参者のウルスだとわかっていた。シーラスは戸を開けて外へ出た。ウマガラスが最近クソ馬と呼び始めた馬があとに続く。さあ出発だ。ウマガラスはまだ中の床《ゆか》に立っていて、スカートの下のたくさんの秘密のポケットに片腕《かたうで》を入れてごそごそやっている。その間に黒馬がやってきて、シーラスに額を当てた。外で待っているのは寒くて退屈《たいくつ》だ。

「さてと、こいつには自分で食い物をやらないとな」と申し訳なさそうに言ってウマガラスはスカートの中から長くて細いパン屋のパンを取り出した。小柄《こがら》で毛むくじゃらの馬はウマガラスが何をしているのかすぐにかぎつけて戸の中へ首を入れ、パンをもらった。それは石のように固く、馬がかむと、くずが四方に飛び散った。

「まだ餌《えさ》をやってなかったのか？」不機嫌《ふきげん》そうにシーラスがきいた。

「招待されたとばっかり思ってたんでな」としゃあしゃあとして言う。

「床をこんなにしちゃって」とほとんど聞き取れないような声でおばあちゃんがため息をついた。が、その言葉を繰《く》り返すまでもなく、小柄な馬は前脚《まえあし》をおばあちゃんの家の床にいれ、鼻面《はなづら》で戸のあたりをそこいら中なめてまわったので、おばあちゃんはひとことも文句を言えなくなった。それでようやく準備が整い、出発できた。

あたりはまだ明るくなっていなかったが、寒かったのでふたりはできるかぎりの速度で走り、午後遅《おそ》くには町に到着《とうちゃく》し、そのまままっすぐウマガラスの家に向かった。通りが家具と人の群れで埋《う》まっていたので、ふたりは広場の外で止まった。

「何なんだ、あれは」とシーラスはびっくりしてきき、馬を下りた。

「あの頭のおかしい女が、競売《きょうばい》をしてるのさ」とすぐに近くいたひとりが教えてくれた。

「あいつが？　あいつは家にはいないと思ったけどな」とシーラスは答えた。シーラスの横にはすでにほかの連中が来ており、みんなが中庭で起こっていることに注意を向けていた。ウマガラスが自分の馬にまたがって人垣《ひとがき》をかき分けるようにして門口を入っていった時でさえ、だれも何かがおかしいとは気がつかなかった。

シーラスには、ウマガラスの怒《いか》りが煮《に》えたぎっているのがわかった。自分も黒馬も中へ入っていたほうがよさそうだと思った。そこでシーラスは、ウマガラスのあとを追って黒馬を連れ、人ごみの中を洗濯《せんたく》小屋までたどり着き、苦労して戸を開けて黒馬を中へ押《お》し入れた。大勢の人間が騒《さわ》いでいるので黒馬はいやがったが、念のために柱につなぎ、何かの拍子《ひょうし》に戸が開いて外へ出たりしないようにした。

表へ出てみるとウマガラスはまだ小柄の馬にまたがっていた。馬は人が大声を上げて押し合っていても平気なようだった。というより、おもしろがっているようで、そいつがひとの帽子《ぼうし》を失敬しているのをシーラスは目にした。別に帽子をどうこうしようというつもりはないらしく、すぐに放り出している。ただおもしろがっているだけらしかった。男も女も前かがみになり、人の足もとのあたりをさぐって帽子をさがしている。ウマガラスはやめさせようともしない。気がついていないようだった。

シーラスはウマガラスのところまでたどり着き、ウマガラスが家を買った証拠《しょうこ》の書類をしまっておいたという書き物机は中庭に出されているのか、それともまだ居間においてあるのか、きいてみた。

「そんなこと、どうやったらわかるんだよ」という返事が返ってくる。「ここは人が多すぎて、わしには何も見えないんだから」

シーラスはできるかぎり急いで裏口の戸に達し、中にもぐり込《こ》もうとしてみたが、それは無理な話だった。ウマガラスの居間にもその隣《となり》の寝室《しんしつ》にも、想像もできないほどの数の家具が詰《つ》め込まれていたからだ。それがどのくらいか、シーラスにもわからなかった。何年もの間、港で働いて稼《かせ》いだ金をウマガラスはことごとく家具を買うのに使っていたらしく、ウマガラスの家には、高価な家具が大量に詰まっていた。

シーラスはふたたび裏口から外に出て人ごみを泳ぐようにしてウマガラスのところへ戻《もど》った。ウマガラスはただ無気力に馬にまたがり、自分の中庭だったところをぼんやり眺《なが》めていた。さすがのウマガラスでさえ手をこまねいていた。

シーラスはウマガラスの袖《そで》を引っぱった。ウマガラスは何かよくわからぬままに視線をシーラスに移した。シーラスはさらに袖を引き、ウマガラスを前にかがませた。そして、

「表の入り口の鍵《かぎ》を持ってるか？」ときく。

「あったりまえじゃないか」とウマガラスははねつけるように答えた。

「貸してくれ、通りのほうから中へ入ってみるから」と頼《たの》む。

「だめだね。これだけでもう大変なんだ。いったいどうやってこいつらを外へ出すんだ」

「書類を見つけるんだからさ」とシーラスは説明する。

「あれはもうおまえにやったろ？　ポケットに入ってたんだから」

「あれじゃないんだったら」とシーラスはささやき声で必死に言った。「本物の書類だよ。きっとまだ中にあるから」

ウマガラスはかなり長い間シーラスを穴があくほど見つめていた。

「急げったら」とシーラスは腹を立てて声を荒《あら》げた。「書類の入った書き物机を売ってしまうかもしれないんだぞ」

「売るだって？」と言ってウマガラスはたちまち正気に戻《もど》ったようだった。

「これから競売《きょうばい》が始まるんだから」

「わしの家具を売ったりなんかできるもんか。みんなわしが金を払《はら》って買ったもんなんだから」ウマガラスはどうやら興奮状態に陥《おちい》ったようで、地面におり立とうとした。

「だめだ、だめだ、だめだったら」おどろいてシーラスが言った。「すわったままでいろって。知らんぷりをしてるんだ。書類を見つけてやるから早くその鍵を貸せったら」

ウマガラスはシーラスを見た。今度は視線に意識が戻っているようで、急にシーラスの言うことを理解し、高々とした鼻の下に残忍《ざんにん》そうな笑いを浮《う》かべた。ウマガラスの両腕《りょうで》が脚《あし》のあたりの縫《ぬ》い目に入れられ、口のついた袋《ふくろ》のようなものの中へ消えた。そこからはパンのかけらやパン屑《くず》、小さなソーセージまで出てきた。そのひとかたまりの何が何だかわからないものの中に、鍵があった。

ウマガラスの手の上の砂やらくずれたパンでどろどろしていたものの中からシーラスは鍵を取り上げて、急いで門口のところまで人をかき分けて戻った。門はまだ広く開け放してあったが、場所を確保しようとして押《お》し合う人々の身体で埋《う》まっていた。シーラスはとっさの判断で、壁《かべ》まで押し開けてあった門の片側の扉《とびら》によじ上り、その反対側に飛び降りた。そこはそんなに人だかりができていなかった。そこから短い距離《きょり》をぶらりと角まで歩いていく。猫一匹《ねこいっぴき》さえ気づいたものはいない。そしてまた早足で家の壁に沿っていき、家の中央の戸のところまで進んだ。

鍵はあいたのだが、戸はほんの少ししか開かなかった。すぐ内側に家具があったからだ。その家具をやっとの思いで押《お》し返し、シーラスはようやく身体をすべらせて中へ入ることができた。

まずあたりを眺《なが》めまわす。片側には居間へ続く戸が開いていて、もう一方ではグラヴァースの寝室《しんしつ》だった部屋に通じる戸が開いている。シーラスは居間に積み重ねてあった家具の上によじ上り、天井《てんじょう》のすぐ下を這《は》うようにして進んでいった。そうして壁《かべ》までたどり着くと、通りに面した角のところに、案の定きれいな年代物の書き物机がおいてあった。

その時になって初めてわかったことだが、抽《ひ》き出しは五、六センチしか開けられず、手を差し入れることができない。シーラスは家具の上を渡《わた》って逆戻《ぎゃくもど》りし、床《ゆか》におりられる場所を見つけてからもう一度家具の脚の間をぬけて這っていく必要があった。家具はシーラスがもぐれるだけの高さがないといけない。文字通りの迷路だった。シーラスは何度も生き埋《う》めになったような気にさせられていた。通りぬけられるだろうと思って食卓《しょくたく》の下に入っていくといきなり整理箪笥《だんす》があったりして、仕方なく後戻りして別のぬけ道をさがさなければならない。ともあれ何とか目当ての書き物机の下に達することができ、シーラスはすぐに靴下《くつした》の中からナイフを取り出し、抽き出しの底を外しにかかった。

そこまで行くのにどのくらいの時間を要したか、シーラスにはもうわからなくなっていた。けれども予想は当たり、抽き出しの底は家具のいちばん弱い部分で、難なく外すことができた。ところがそこで別の困難が生じた。抽き出しは、シーラスがさがしていた一枚の書類だけではなく、ほかの書類で一杯《いっぱい》になっていたのだ。それに輪をかけるように、家具の山の底は明かりが乏《とぼ》しかった。幸い、抽き出しの中の書類の束《たば》がなだれ落ちてくるのを防ぐことができ、自分の横の床の上に、いちばん上にあった書類はいちばん上にという具合に、薄闇《うすやみ》の中で積み重ねていった。

そこから十枚ほどの書類を選び、別の家具のところへ這っていく。そこには隙間《すきま》を漏《も》れて光が落ちていた。何とか字が読める程度だったが、関係のない書類は除外することができる。そしてとうとう目的の書類が見つかった時には熱い喜びが全身を駆《か》けぬけた。シーラスはそれをていねいに折り畳《たた》んで胸にしまい込《こ》む。ほかの書類は例の書き物机の下の床においたままにした。抽き出しの底は、道具なしではもとのように直せなかったからだ。

任務をきちんと果たしたという気持で心も軽く、シーラスは家具の下を這って裏口の戸のところまで行き、かつてプランク商人の母親の家で見たのと同じ種類のマホガニー材の書き物机の脚《あし》の間から出た。ところが、おどろいたことに町役場の役人がふたりそこに立っていて、用事のない者が入ってこないよう見張っていた。シーラスが立ち上がるや否《いな》やふたりはシーラスの腕《うで》を取り押《お》さえ、背中にねじりあげた。その瞬間《しゅんかん》シーラスは、牢屋《ろうや》のいやな臭《にお》いにまた取り囲まれるのかと思ってぞっとした。

そこであたりかまわぬ大笑いを放った。

ふたりの役人は、わけが分からずたがいに視線をかわしている。

「もういい加減にしてほしいねえ」とへらへら笑うシーラス。「依頼人《いらいにん》に頼《たの》まれた調査をたった今終えたばかりだというのに、私がこそ泥《どろ》か何かのようにとびかかってくる」

「依頼人？」ふたりは口をそろえてきいた。

「この前と同じ人だ」とシーラスは答える。「あの女のこと、忘れてしまったのかな？」

「だれのことだよ」

「あそこにいる人さ」シーラスは首をしゃくった。両手をつかまれていたからだ。役人は裏口の戸から外をうかがったが、だれを見ていいのかわからない。

「馬に乗ってる人だ」とシーラスが助け舟《ぶね》を出した。「あの人がこの家の持主で、この家具の山も全部あの人のだ。私はただ抽《ひ》き出しにさがしものがあっただけで」

「そんなことぐらいだれだって言える」とは言ったものの、役人は多少手を緩《ゆる》めた。

「それならあの人にきいてみてほしいね」とシーラスは要求した。「声をかければ聞こえる距離《きょり》だ」

ふたりはまた、どうしたらいいかという顔をしておたがいを見た。女のことをおぼえていたし、町役場の地下での立ち回りの噂《うわさ》はまだ色あせていなかった。

「この町を離《はな》れたとばかり思ってた。どっかへ行っちまったとな」とひとりが言った。

「人を訪ねていたんだ」シーラスが答える。「人が親類を訪ねているというだけでその人の家具を競売《きょうばい》に出す、それがこの町の習慣なのか？」

「おれたちは命令通りに動いてるだけだ」傷つけられてもうひとりが言った。

「ますますいけない」とシーラス。「ひとりがあの人のところへ行って報告するんだな。君たちがあの人の家具の間でだれを見つけたか、あの人には知る権利がある」

ふたりが腕《うで》を放したので、シーラスは耳をつんざくような音の口笛でウマガラスに合図を送り、家の裏口で何かが起こっていることを知らせたが、ウマガラスは振《ふ》り向いてみようともしなかった。

「それ見ろ」とシーラス。「やっぱりどちらかがあそこまで行ったほうがよさそうだ。何も知らされてないのに家で何かがあったとわかったら、あの人、君たちを蹴《け》りまくるだろうからね」

ふたりの役人は何も言わなかった。どちらも馬上の女と近い距離《きょり》で接触《せっしょく》したいとは思っていない。それがだれか知らされた今、いやでも噂を思い起こさせられていたからだ。

「それじゃ私が行ってこようか？」とシーラスはきき、ふたりをひとりずつ見た。「ここからならすべてを監視《かんし》できるし、外の階段からならもっとよく見える」

それにはふたりもうなずいた。よけいなことも言わずにすんだ。

シーラスは人垣《ひとがき》を分けて横歩きで馬のところへ行った。ウマガラスは疑い深そうな目でシーラスを

見て、

「どこへ行ってたんだ。どうしてここにいなかったんだ」不機嫌《ふきげん》な声だ。シーラスはすかさず書類を見つけたことを話し、落ち着かせてやった。

「家の中へ入ってたのか？」ウマガラスは疑わしげに目を細めた。「わしがついていったほうがよかったんじゃないのか？」

「そのとおりだよ」とシーラス。「でも、家具の間を這《は》いずりまわるのがおまえだったら、やっぱりおかしく見えたと思うけどね」

ウマガラスはびっくりした顔をしてシーラスを見つめた。シーラスは、ウマガラスが貸してくれた鍵《かぎ》で通りから表の戸を開け中へ入ったことを話してきかせた。

「嘘《うそ》つきめ。表の入り口からは入れないんだよ」

「ぼくには入れたさ。だから書類も手に入れた」

「なんでここにはこんなに人が大勢いるんだ。どうして家に帰らないんだ？」

「貼《は》り紙を見なかったのか？　おまえを家から追い出そうとしてるのはこの連中だよ。おまえの家具を競売に出そうとしてる」

ウマガラスの顔が抗議《こうぎ》の雲で陰《かげ》った。けれどもシーラスは、ウマガラスに口出しさせないようにした。

「家具はみんな売らせとけばいいよ」とシーラスは説明する。「書類を持ってるのはこっちだから、お金は全部あんたのものになる。何てったって家具は多すぎるよ。ちゃんとした人たちはね、こんなふうに家具を山積みしたりしないんだから。お金が手に入るんだから、もっと気に入った家具を買えばいい。書き物机は五つもいらないし、洗面台だって八つもいらない」

「だって場所があるんだから」とウマガラスは文句を言う。

「ないったら、そんなにたくさんの家具の場所は。自分の身のおき場だってないくせに。手を貸してやるよ。どうするのか見せてやる」

「ちゃんとした連中のすることがおまえなんぞにどうしてわかるのさ」

「ぼくが何年もアレクサンドル・プランクの家に住んでたことを忘れたのか？」とシーラスは答えた。

「きちんとした家に必要なのは家具だけじゃないってことも知ってるんだから」

「何がいるんだよ」とウマガラスは疑った。

「カーテンとか、床《ゆか》に敷《し》く絨毯《じゅうたん》、グラスに陶磁器《とうじき》、きちんとしたテーブルを作ればお客を招待できる」

「お客？　お客なんてどうするんだ」ウマガラスはまだ合点がいっていない。

「お客が来れば、どんないい暮らしをしてるか見てくれる」

ウマガラスはそれには何も言わなかった。シーラスが何を話しているのか、さっぱり理解できないでいた。「それにはお金がないとな」とシーラスが結論じみたことを言うと、それは理解できたようで、喜びを秘めた顔が輝《かがや》いた。

「だから連中に予定通り競売《きょうばい》をさせるんだ。ちゃんとした競売人が来て、競売を仕切って金の勘定《かんじょう》を受け持ったりしてくれる」

「そんなこと、自分でできるじゃないか」とウマガラス。

「だめだ、それじゃ無効になってしまう。それにきっと不手際なことをしてしまうだろうし。でもいいか、おまえは口出ししないこと」シーラスはさらに続けて、「ひとことも言っちゃいけないし、何があってもおとなしくしてることだ」

ウマガラスはしばらく考えていた。そして、

「わしを町長のところへ連れてった時みたいにだな？」

「そのとおり。何も言ってはいけない、じゃないとおかしなことになるし、金も手に入らなくなるから」

「そんなことになったら大変だ」とウマガラスが大声を出して肩《かた》を叩《たた》いたので、シーラスは膝《ひざ》ががく

りと落ちてしまった。

シーラスは痛がったが、それでも満足で、人ごみを縫《ぬ》って裏口に戻《もど》り役人たちに競売人はどこにいるかたずねた。

「中の小部屋にすわってるよ」との答え。

でもそれはちがっていた。ふたりがいつもはウマガラスが寝《ね》る小部屋の戸を開けると、競売人は床《ゆか》のワラの束の上で横になっていた。大の字になって大きいないびきをかいている。あきれてシーラスは男を見た。右手の先に焼酎《しょうちゅう》の壺《つぼ》が転がっていた。これではどうすることもできない。

「どうする?」とシーラスは役人に向かってきいた。「あんた、競売を仕切れるか?」

役人はしきりに首を振《ふ》り、

「金勘定《かねかんじょう》と、売り物の家具を運び出したりするくらいならできるが」と答えた。「だれが何を落としたか書き上げることもできるけど、槌《つち》を持って競売の責任者になるのはちょっと」

「競売はもう始まる。どうしたらいいかな」シーラスが心配して言った。競売はしばらく前に始められているはずだったのを、シーラスは知っていた。

「あんたがやったらどうだい」と役人がシーラスに言った。「競売人のガウンはあそこにかかってるし、かつらも床においてある」そう言ってワラの束の後ろの壁《かべ》の釘《くぎ》にかけてあったガウンを指さした。

裏口の戸の外に立って人を遠ざけていたもうひとりの役人が、戸の中に首を入れて、どうすることにしたのかときいてくる。集まっていた連中はしびれをきらしていた。

シーラスと中の役人は脇《わき》に寄り、どうなっているのかが自分の目で見えるようにしてやった。いびきをかく競売人を見て、その役人は何も言えずにいたが、

「どっちにしろ、おれたちはここにいるだけで給料が出るんだし」と言って肩《かた》をすぼめた。

「で、その給料はだれが払《はら》うんだ？」

「おれたちを雇《やと》ったやつさ、もちろん」

シーラスはしばらく考えていた。グラヴァースの赤レンガの家の近所の人たちは、金の話となったらきっと手を引き、ウマガラスに尻拭《しりぬぐ》いをさせようとするはず。そうなったらウマガラスが経費を払わざるをえなくなる。もしも借金が払えずに牢屋《ろうや》に入れられるようになったなら、ウマガラスだけではなく小柄《こがら》の馬の命まで危なくなる。シーラスはその場で決心をし、壁《かべ》の釘《くぎ》からガウンを取って肩にかけ、かつらをかぶった。そして役人のほうに向き直り、

「これで何とかなりそうかな？」

役人はふたりともうなずいたのでシーラスは裏の階段の外に出た。そこは中庭の人だかりより一段高いところだった。

「さあ、始めますよ」とシーラスは言い、階段のすぐ下まで書物机を運んでくるように指示した。シーラスが競売人《きょうばいにん》の役を引き受けてくれたことでほっとしていた役人ふたりは、飛んでいってすでに中庭に出されていた家具の中から机をひとつ運んできた。

「君に記録してもらおう」とシーラスは言葉を続け、金の勘定《かんじょう》ができると言っていた役人を指さした。そしてもうひとりには、「君は門口に立っている男に頼《たの》んで、運ぶのを手伝ってもらうように」と言った。

最初に競売にかけられた家具は、上流の家庭で使うようなすばらしい家具といっしょにすでに中庭に出されていた重い寝室《しんしつ》用の箪笥《たんす》だった。シーラスがそれを最初に選んだのは、裏口の階段の前の場所をあけ、役人が記録し勘定を行なうのを見えるようにするためだった。自分は見晴らしのいい階段のいちばん上の段に立ち、中庭の全体が見《み》わたせるようにした。そこからならガウンとかつらが一応の効果を及《およ》ぼすことができる。

人ごみの真ん中では、馬にまたがったウマガラスが気難しい顔をしている。ぜったいに口を出さないと固く心に決めていた。シーラスが競売人として登場したことには別におどろかず、むしろ満足していた。それでもやはり、髪《かみ》の上にのせた白い巻き毛のかつらが両頬《りょうほお》に垂れているのを見て、それがシーラスだとはすぐに気がつかなかった。

次々と入札される。その美しい家具をできることなら安い値段で入手したいと思う人が大勢いた。けれども次第に入札が慎重《しんちょう》に行なわれるようになり、最初のうちは景気よく入札していた人たちには価格が高くなり過ぎた。シーラスが、まだだれも家具についている秘密の場所をさがしていないようだ、と思わせぶりなことを言っても入札者は増えなかった。最後に男ひとりが残ったが、男が入札するたびにそれよりほんの少し上の金額を入札する者がいた。小さいがよく透《とお》る女の声だった。

男の声はどこかで聞いたことのあるような気がしたが、声の持主をシーラスは知らなかった。婦人のほうは、開いた扇子《せんす》で顔を隠《かく》していたにもかかわらず、シーラスにはだれだかわかっていた。チルダ・グラヴァースだ。シーラスは内心ほくそ笑んだ。彼女《かのじょ》はまだ本通りの大きな家に備える立派な家具が足りないらしい。けれども、帽子《ぼうし》を目深《まぶか》にかぶった男はだれだろう。どこで会って知ってるんだろう。

シーラスはもう少しよく見てみようとしたが、男は遠く離《はな》れたところに立っていたので無理だった。寝室用の箪笥《たんす》を近くで見ようと男が寄ってきた時に初めて、シーラスは男の長靴《ちょうか》に目をやって、それがだれだか気がついた。

6　山に帰る

商売人だ、とシーラスは思った。

服と帽子《ぼうし》を変え、髭《ひげ》も一部そり落としていたので顔つきも変わっていたが、その長靴と身のこなし方をシーラスは見誤らなかった。いったいここで何をしているのか。

商売人はていねいに家具を点検した。小さな抽《ひ》き出しを全部開けて中へ手を入れた。机の部分の蛇腹《じゃばら》のふたも上げ下げしてみて、開けられるところはすべて開け、特定のものをさがしてでもいるかのように調べていた。相当な時間がかかった。何かを見つけたのかどうか、はっきりしなかったものの、いきなりチルダ・グラヴァースが先刻入札したよりはるかに高い額で入札した。

シーラスはかつらを額に深く下げ、その巻き毛で両耳をおおってからガウンの前もきちんと閉じた。競売人《きょうばいにん》がほんとはだれなのか、男はまだ気がついていない。シーラスは今正体を暴かれたくなかった。

「なかなかいい代物だな」と聞こえるようにつぶやいて、商売人はこぶしで家具のあちこちを叩《たた》いた。

「秘密の場所が見つかったんですか?」とシーラスは、プランク商会で習った町の言葉できいた。

「いや、残念ながら何もなかった」と商売人は言ってため息をつく。「でも買うことにする」

シーラスは、男がほんとのことを言っていないのをはっきり感じていた。が、どうすることもできない。それにしても、商売人が自分に気がついていないのがシーラスには不思議で仕方なかった。もっとも、山では口をきいていたのはウマガラスで、シーラスはその子分という役しか演じていなかった。ウマガラスがいちばん印象に残って当然だった。そのウマガラスは、好奇心《こうきしん》と購買欲《こうばいよく》に満ちた人々の中央で馬にまたがっていたが、男がウマガラスがいる方にたえず背中を向けていたのは、そのせいだったかもしれない。

「これはちょっと外の広場へ運び出すから」と商売人が言った。

「先に勘定《かんじょう》を済ませてもらわないと」とシーラス。

「まだこれで終わりじゃない。もっと買いたいものがあると思うし」

「それはすばらしい」とシーラスは言って、「でも規則で、家具であろうとほかの品物であろうと、価格に手数料ほかの代金を加えた額を払《はら》っていただくまでは、中庭から出してはいけないことになっているんで。そこの役人に払って下さい。勘定の係はその人ですから」

それが不服だったらしいのは商売人の顔を見ればすぐにわかった。全部まとめて一括払《いっかつばら》いにしてくれるようシーラスを説得しにかかった。

「無理ですね」とシーラスは答える。「規則通りにしなくてはいけないし、例外は認められません。門口に警備が立っていますが、領収書を見せないと何も持ち出せないことになっています」

商売人は文句を言ったが、従わざるをえなかったので、胸元に手を入れ、数枚の紙幣《しへい》を数えてそれを書き物机のところにいた役人に差し出した。

「名前は？」と聞いて役人は書く構えをする。

「ロウレンティウス・ヘアムン」

書きながらも役人は、紙幣をまだ手に持っていたが、やがて、

「これじゃたりない」と言い出した。

シーラスは階段の端《はし》に出て、事の成行きを見守った。「大きい方のお札が二枚たりない」と役人が言う。

商売人は反論し、勘定《かんじょう》ができないのは役人だ、と言い張った。

シーラスは、ウマガラスが背筋を伸《の》ばし首を伸ばしているらしいのが感じでわかった。けれどもウマガラスは、しゃしゃり出てきて今言われた言葉に口出ししたりしなかったので、シーラスは感心し

ていた。

すると突然《とつぜん》、商売人には人ごみの中に助っ人がいたのがわかった。少なくとも頑丈《がんじょう》そうな若い衆がふたり現われて寝室《しんしつ》用の箪笥《たんす》に手をかけ、上の部分を持ち上げた。

「まず勘定《かんじょう》をしていただこう」とシーラスが、言い返すことができないような口調で言い放った。

「金は払《はら》ったじゃないか」と商売人はどなり、役人の手にあった札束を指さし、ふたりの若い衆に、

「それは持ってっていいぞ」と言った。ふたりの助っ人は家具の上部を持っていそいそと門口の方へ移動した。

さすがのウマガラスもそれには我慢《がまん》がならず、馬を門口に進ませてぬっと中央に立ちはだかったので、助っ人ふたりは家具を敷石《しきいし》の上におろさなければならなくなった。そのとてつもなく大きなピカピカの家具を見るとウマガラスの馬は有頂天《うちょうてん》になり、鼻面《はなづら》の口を大きく開けて進み出た。これは歯ごたえがありそうだ。

そこへ商売人が慌《あわ》てふためいてやってきて馬にとびかかった。馬の方はびくともせず、振《ふ》り向いただけで男にも歯をむき出してみせた。

「無駄《むだ》あがきはやめろ」と馬上のウマガラス。「きちんと支払ってもらうまでは、箪笥はわしのものだ」大きな声だった。その特徴《とくちょう》のある声はまさしくウマガラスのものだった。

「地獄《じごく》のクソばばあめが」商売人は叫《さけ》び返して、「金は払ったんだ」

「全額は払ってない」とウマガラスが答える。「わしは読み書きはできねえが、耳も聞こえるし勘定もできる。おまえがいくらで入札したか、ちゃんと聞いてるんだ」

商売人は身動きひとつしなかった。そして、

「何だってまたよけいな口出しをするんだ」といらいらしてきいた。「おまえに関係ないことじゃないか」

「ところが大ありなのよ」と金切り声。「その箪笥《たんす》はわしのものなんだからな。ここにいる間は規則通りに振《ふ》る舞《ま》うんだ」

「そんなこと、おまえの決めることじゃない」

「この家から追い出されないうちは、住んでるのはこのわしだ。ちゃんと支払うか、こっから消え去るか、どっちかにしろ」ウマガラスも馬のほうも、今は下手なことを言えない相手になっていた。

そこで商売人は肩《かた》をすぼめ、役人のところへ行って、たりなかったお札を机の上においた。助っ人ふたりはまず上部を、それから下の部分を広場に運び出し、荷車に積んだ。その間商売人はほかの家具を見てまわっていたが、興味を惹《ひ》かれるものはなかったようで、それに続く家具はどれも妥当《だとう》な値段で売られていった。

そのあとで町役場の役人ふたりが、ウマガラスの居間から別の家具を新たに運び出した。その間にシーラスは、すでに支払《しはら》われた金額をチョッキの内側のポケットに押《お》し込《こ》んだ。大変な額だった。ほんとにすごい金だった。川に宝を投げ込んだ時以来、それほどまでの富を一度に見たことはなかった。そんな大金を持っているかぎり、自分の命など虫けら同然に扱《あつか》われるにちがいないとシーラスは確信していた。競売《きょうばい》が終わるころには、金額はもっともっと増えていた。

「こんな大金、どこへしまったらいいかな」と、最後の家具が売られるころになってシーラスがウマガラスにきいた。

「こっちへわたしてくれりゃいい」と言ってウマガラスは片手を差し出す。

「死ぬつもりか？」とシーラスが言う。

「死ぬ？　どうして死ななきゃならないのさ」

「そんなにたくさんの金を持ってたら、殺されちまう」とシーラスが答える。「みんなが、何がいくらで売られたか見て聞いて知ってるんだ。おまえを家から追い出そうとしてる連中だって、同じ金の亡者《もうじゃ》だからな。おぼえとくといい。山の中で会ったあいつだって、おまえをねらおうと思ってるに決まってる。金はたっぷりあるんだから、別の家を買えばいい。ただ問題は、その金をどこへおいておくかだ」

「そうさ、今んとこは殺されるのはお前の方だよ」とウマガラスはうなるように言い、手を引っ込めた。

中庭にもうそんなに多く残っていなかった人たちが、このきわめて興味深い会話をもっとよく聞こうとして、階段の前に集まってきていた。それほどの大金を、どこにしまうのか。

「商人の店に行ってきいてみようか、この金を預かってくれるかって」シーラスがきいた。

「わしの金だ」とウマガラス。

「そう、おまえの金だ」とシーラスは言いあらためて、「どうするかわかるまで、おまえの金を預かってほしいって」

ウマガラスは長いこと考えていた。

「そのまま取られちゃったらどうすんだよ」と知りたがった。

「預かり証をもらうからだいじょうぶさ」

よくわからずにウマガラスはシーラスを見つめた。

「おまえからお金を全部預かり受けたって書いてある書類だよ」

ウマガラスはしばらく何か考えをめぐらしているような表情でいたが、

「いや、自分で隠《かく》しておく」と言い放った。「人の心をまどわせて盗《ぬす》みを働かせたりしないようにな。

商人の家でだって身につけてたって同じことだ。さ、よこせ」

シーラスは札束を出し、長い細紐《ほそひも》で縛《しば》ってからウマガラスにわたした。ウマガラスは馬を下り、手綱《たづな》を持っているように言う。

「次に来るときまでどこへおいといたらいいか、ちゃんとわかってんだよ」

シーラスはウマガラスの決めるままにさせておくよりほかになかった。それはウマガラスが何年もの間働いて得た給料だった。全部自分で稼《かせ》ぎ、家具を買って買って買いまくった。そのために生活費に困るほどだった。ウマガラスが自分で決めるしかない。

「だれも跡《あと》をつけてこないように見張っててくれ」とウマガラスは、勘定《かんじょう》を受け持っていた役人に言った。「窓からのぞいたりしないようにもな」とつけくわえる。

最後の点は心配ないだろうとシーラスは思った。その家に住んでいた間、ウマガラスは窓を洗ったことも拭《ふ》いたこともなかったからだ。

ウマガラスはどたどた家の中へ入っていき、部屋から部屋へと動きまわった。からっぽになった部屋で何やら叩《たた》いたりごそごそやっていたかと思うと、いきなり裏の戸を引き開け、後じさりしながら、まだはっきり目の覚めていない競売人《きょうばいにん》の襟《えり》をしっかりつかんで引きずり出してきた。本物の競売人だ。

その場に居合わせた人たちの間にきまり悪い沈黙《ちんもく》が訪れた。

するとまたウマガラスが家の中に姿を消した。シーラスには、ウマガラスが手前の部屋の天井《てんじょう》の昇降口《しょうこうぐち》からはしごをおろした音を聞いたように思った。しばらくすると、天井裏を歩き回っているらしい音がはっきり聞こえてきた。おそろしく長い時間がたってからようやくおりてきて、裏口の戸を出ながら満足そうに両手をすりあわせている。

「さてと」とだけ言ってウマガラスは手綱《たづな》に手をのばした。

「帽子《ぼうし》」とシーラスが言う。

「帽子がどうした」とき返して、ちゃんと頭にのっているか確かめてみた。

「古い蜘蛛《くも》の巣だらけだよ」とシーラスは教えてやる。

むっと腹を立ててウマガラスは帽子を脱《ぬ》ぎ、馬にこすりつけて拭《ぬぐ》った。

「袖《そで》にも何かついてるぞ」とさらにシーラスは言う。

ウマガラスはしきりに袖をこすったが、うまくとれない。が、そのまま馬にまたがった。

「もう鍵《かぎ》をかけていいぞ」とウマガラスは命令口調だ。

「自分でかけたほうがいいんじゃないのか?」シーラスはきいた。

「それはちがう。鍵はおまえの責任だ。わしは好き好んで引っ越《こ》すわけじゃないからな」

そこでシーラスは家のふたつの戸の鍵《かぎ》をかけ、黒馬を洗濯《せんたく》小屋から出してそこにも鍵をかけた。そして広場に出て、ウマガラスとほかの野次馬が外に出て来るのを待った。門にも鍵をかける。そうしてから四つの鍵を黒馬のたてがみ二、三本でいっしょに束ね、ウマガラスに手《て》わたした。

「よし、これですんだ」とウマガラスは言って、鍵を服のどこかにすべり込ませた。

ひとことも口をきかずに町を出ると、ウマガラスは舟《ふね》を曳《ひ》く道に沿って進んだ。どうやら本気でセバスチャン山に引っ越《こ》して暮らすつもりらしかった。シーラスはゆっくりとあとについてゆく。

奇妙《きみょう》な一日だった。山に着くまでにあたりはすっかり暮れてしまうだろう。ウマガラスは別に急ぐようすもなく、まだあたりが見える程度に明るかった。

するとウマガラスが唐突《とうとつ》に歓喜《かんき》の大声を上げ、うれしさあまって馬の上で両足を左右に高く持ち上げた。黒馬がぎくっとし、シーラスも肝《きも》をつぶした。シーラスは、町を出たあたりでだれかに待ち伏《ぶ》せをされるのではないかと、半ば怖《おそ》れていたのだが、それまでのところ何事も起こっていなかった。何なんだこの凶暴《きょうぼう》な歓喜ぶりは。シーラスはウマガラスに馬を寄せ、何かあったのかとたずねた。

「何かあったかだと？」まだ大喜びをしている。「ざまあ見ろってんだ。おまえ、あいつらの顔が想像できるか？」

「だれのことだよ」シーラスはきいてみる。ウマガラスの考えていることに、うまくついていけなかった。「何を想像しろっていうんだよ」

「だから、やつらだよ」

「だれなのさ」

「あいつら全員さ。――やってきて金をさがそうとする」

そこでウマガラスはまた身をよじらせて笑い転げ、大笑いが泣き声のようになってしまった。

「何がそんなにおかしいんだよ」シーラスはきく。シーラスは、一日中数字ばかり耳にしてその整理をしていたせいで、かなり疲《つか》れていた。今はまた、ウマガラスがあんまりたくさんのことが一度に起こってどうにかなってしまったんではないかと、それを恐《おそ》れていた。

「連中がやってきても門が閉まってる」とウマガラスが答える。「中庭に入るには門をこわさにゃならん。中庭に入ると今度は裏の戸が閉まってるんでそれもこわすか、かなてこで窓をこじあけなきゃならんから、それもこわれちまう。それで家に入っても、もう家具はない。さて、どこに金をさがすかだ。へへへ、想像がつくかい、おまえ」ウマガラスはまた笑い出し、その声が四方に流れて夕闇《ゆうやみ》の静寂《せいじゃく》の中へ消えていった。

「連中は歩きまわってこの部屋あの部屋で壁板《かべいた》を叩《たた》くのさ。小部屋にも台所にもさがしているものはない。あっちこっちを叩いてみて、虚《うつ》ろな音がするとすぐにそこに穴を開け、何かをぶっこわす。壁はもう完全にこわされた。それから床板《ゆかいた》を引っぱがしてさがす。天井《てんじょう》に這《は》い上がっていって梁《はり》や柱、わらぶき屋根もさがしてみる。屋根がこわされワラがそこいら中に散らばる。それでも連中はさがし続けるのさ。わしが金を持って家に入っていったところを見てたからな。あいつらはものをこわし、壁板《かべいた》を引きはがす。台所でもだ。そんなことされちゃ、あの赤レンガの小さな家はおしまいだよ。わしを追い出しただけじゃ気がすまないんだ、あいつらは」

シーラスは何を信じていいのやらわからなくなってしまった。ウマガラスは何かの加減で頭がどうかしてしまったんだろうか。

「まさかおまえ、あのお金を家のどこかに隠《かく》してきたんじゃあるまいな?」シーラスは心配声できいた。

ウマガラスは急に黙《だま》ってしまい、これから攻撃《こうげき》にかかる牡羊《おひつじ》のように頭を下げ、シーラスの目をのぞき込《こ》んだ。冷たく黄色い目がうかがっている。

「どう思うんだ?」とウマガラスがきき返す。

「それほどの間ぬけじゃないと思うけどな」と半分疑って答えた。

「あいつらはわしを家から追い出そうとした。意地の悪いうわさを流して、わしが住んでいられないようにした。わしの家を欲《ほ》しがって、それは手に入れた。今度はわしの金までねらってやがる。金を見つけるためには、家をバラバラにだってしやがりかねない」

そう思っただけでウマガラスはまた痙攣《けいれん》を伴《とも》ったような高笑いを発した。すすり泣きにも似た笑いの中で、気を失ったりしないようにがんばりながら、なぐさめようのない子供が泣くように大きく口を開けて笑いわめいていた。

「金を手に入れるためになら、あいつらわしを殴《なぐ》って不具にもしかねない」ともいまいましそうに言った。「そうしていやでも施設《しせつ》に入れようとする。あそこに入ったら死ぬからな。わしが通りを歩きまわることさえ気に食わないのさ。なぜって、あいつらのやりやがったこと、わしは知ってるからな」

シーラスは首を振《ふ》りながら見上げた。「そんなこと、あの連中にはできないよ」と反論する。

「ところができるのさ」

「だっておまえはちゃんと仕事も持ってるし、だれに面倒《めんどう》をかけてるわけでもないじゃないか」

「わしが変わりもんだってことを知ってるから、できるのさ。噂《うわさ》を広めてな。変わり者だってだけで充分《じゅうぶん》だ」

「噂？」とシーラスは繰《く》り返し、「どういう意味だ？」

「わしがみだらだって噂だよ。子供をつかまえてるとか」

ウマガラスの声は、丸鋸《まるのこ》の刃《は》のように鋭《するど》くなった。ウマガラスがかつて、包丁研《と》ぎの車につないでいた子供のことを思い出させられて、シーラスは心臓が押《お》しつぶされたような気がした。けれども、シーラスは考えていることをさえぎられた。ウマガラスが言葉を続けたからだ。

「おまえが今何を考えてるか、わかってるよ。だけどな、わしは一度もみだらだったことなんてない。いろいろとひどいことをしてきたさ。いつだったかは水車小屋でおまえを殺そうとしたことだってある。だけどだ、みだらなことはしてない」

シーラスは、心の深い奥《おく》で、ウマガラスがほんとうのことを語っているのがわかっていた。ウマガラスは自分自身が子供時代にさまざまなひどい目にあっていたので、その話題にはそれまでまったくふれずにいた。

ふたりはしばらく黙《だま》って馬を進ませた。

「村の古い家のひとつを、おまえが住めるようにみんなで直してやろうか」とシーラスがきく。

「直す、っていうと?」

「屋根をふいて、戸をつけて、窓にあおり戸をつける」とシーラスが答えた。「でも、町の家みたいにはならないぞ」

「そしてこの世におさらばする日まで、ずっとそのことを感謝してなきゃいけないってわけだ」とウマガラスはがみがみ言う。

「それとも、セバスチャンが住んでた穴蔵《あなぐら》の隣《となり》を掘《ほ》って、小部屋をこしらえたほうがいいかな。馬をおけるように」

ウマガラスは勝手にしろと言わんばかりに肩《かた》をすぼめたが、それが承諾《しょうだく》の印なのを、シーラスは長いつきあいで知っていた。ウマガラスは人に感謝をすることなど一度もなかった。それはともかく、穴を掘《ほ》り、瓦礫《がれき》を運び出して山腹に落として捨てる仕事をみんなで力を出しあってするのなら、そんなに時間をかけずにウマガラスの家を用意できるはずだった。


ふたりがセバスチャン山に着いた時にはもう夜になっていた。町からの長い距離《きょり》を来る間、だれにも呼び止められなかった。ウマガラスが厚い札束を無責任と言いたくなるくらいちゃらんぽらんに扱《あつか》っていたので、シーラスは、襲《おそ》われるのではないかと心底恐《おそ》れていた。けれども、連中はウマガラスが家の中のどこかにお金を隠《かく》したものと思いこんだようで、それもまたシーラスをおどろかせていた。ウマガラスが片手に持ってひらひらさせていた札束は、ともかく信じられないほど誘惑的《ゆうわくてき》だった。

山道を登り始めた時、先頭を行くのは相変わらずウマガラスだった。夜のおぼつかない光の中、ウマガラスの姿がどうにか見える。夜空にかかった雲の間からは月が見え隠《かく》れし、ウマガラスが格好の悪い馬に自信満々背筋を伸《の》ばして乗っているのが見えた。何はともあれ、ウマガラスは人の後をついていくタイプではなかった。今のウマガラスは勝ち将軍、家具を競売《きょうばい》で売り払《はら》い、ものすごい札束を手に入れていた。小さな赤レンガの家を出なければならなかった悲しみは、新しい家に近づくにつれ、過ぎ去ったこととして薄《うす》れていった。

道を三分の一ほど登ったところでウマガラスの馬が足を止め、先に進まなくなってしまった。シーラスはウマガラスのすぐそばまで近寄って、どうかしたのかとたずねた。

「駄馬《だば》にきいてみな」との答え。「その先に何か気に入らないものがあるらしい」それはささやくような低い声で言ったのではなく、襲撃者《しゅうげきしゃ》かもしれないやつにも聞こえるほどの大声だった。けれども何も起こらない。名乗りを上げる者はいなかった。

にもかかわらず、ウマガラスは馬の本能を信用していたので、自分を乗せたまま進ませるようなことはしなかった。かわりに馬を下りて自由にさせてやり、何かを馬に言った。シーラスには聞こえなかったが、馬は何かこう身を引き締《し》めるような動作をした。馬は数秒後には姿を消した。音もなく、シーラスさえ気がつかないうちに消えてしまった。足音をしのばせて歩く術《すべ》は、ウマガラスが教えてやったにちがいなかった。

そんなに時間がたたないうちに山のちょっと上のほうで叫《さけ》び声がした。シーラスは、山の中で馬がどんな振《ふ》る舞《ま》いをしたかをおぼえていたので、ウマガラスの脇《わき》をすりぬけて飛び出していった。馬が臭《にお》いを嗅《か》ぎつけたのは村の住人のひとりにちがいなかったからだ。

ところがそれは商売人だった。片手におそろしいナイフを持って立っている。でも腕《うで》は馬がくわえていた。ナイフの幅《はば》広い刃《やいば》に月が映っているのをシーラスは見た。

「放すように言え」シーラスの後から来たウマガラスの姿が目に入ると、男がうなるような声で言った。「いいか、放さないと切り殺すからな」

「切り殺せるもんかい」とウマガラスは、近寄って何が起こっているのかを見届けてから答えた。「やっぱりおまえは見かけよりずっと間ぬけだった。どこにいるかわかってんのかよ」

商売人は馬からウマガラスに視線を移した。ウマガラスは落ち着き払《はら》っている。男には、ウマガラスの言ったことがよくわからなかった。

「おまえはな、わしに断らずに図々しく住みつきやがった穴蔵《あなぐら》の真上の絶壁《ぜっぺき》に立ってるんだよ。わしのたったひとことで、馬は胸壁《きょうへき》からおまえを突《つ》き落とす。おまえは川岸へ、もしかしたら川の中へ真っ逆さまだ」

男の息をする音が聞こえた。ウマガラスの言っていることが正しいのを、いきなり悟《さと》ったようだった。男はひとまわり小さくなったように見えた。

ウマガラスは腕《うで》を上げて男の手をつかんだ。シーラスには見えなかったが、ウマガラスは鉄のような強さで締《し》めつけているようだった。商売人が膝《ひざ》を落とし、情けない声を上げて痛がったからだ。ウマガラスはなんの抵抗《ていこう》も受けずに男の手からナイフをもぎ取った。「まったくもう、信じられないくらい無能なんだから」とウマガラスが言葉を続けて手を放すと、男の腕はだらんと重く落ちて本人のものではないかのようだった。

「さ、先を歩くんだ」とウマガラスが要求する。

商売人は馬から離《はな》れようとしたが、馬はそのすぐ後を追ってついていく。シーラスは黒馬といっしょに最後尾をつとめた。

「よし、着いたぞ」と、おばあちゃんの家の前まで来てウマガラスが言った。商売人も首筋に馬の息を浴《あ》びながら足を止めた。馬もどこへ来ているのかわかっていた。

ウマガラスは商売人のナイフの柄《え》で強く戸を叩《たた》いた。が、戸は開かない。かわりにおばあちゃんの細い声が内側から、

「だれだい、戸を叩いてるのは」

「開けてくれ、ぼくたちだよ」とシーラス。

おばあちゃんは閂《かんぬき》を外し、戸を半分開けた。けれども、ウマガラスが商売人の背中をこぶしで押《お》して、脚《あし》を動かせ、と言うまで、だれも中に入らなかった。男のすぐ後を小柄《こがら》な馬が行く。

「さてと、これですんだ」ウマガラスはため息をつき、だれも何も言わないうちにさっさとテーブルについた。商売人の殺し屋ナイフは、すぐ目の前のテーブルの上においた。

「いったいどうしたっていうんだよ」とおばあちゃんがきき、震《ふる》え上がってナイフを見た。

「一日中何も食ってないんじゃ、話もできねえや」とウマガラスがつぶやいた。

おばあちゃんがシーラスの方を見やる。

「ほんとさ。今朝ここを出てから何も食べてない」と打ち明けると、シーラスも激《はげ》しい空腹におそわれた。

「かわいそうに、もう」とおばあちゃんは小走りに食べ物をいろいろ集めてテーブルにのせた。

「みんなを呼んでこよう」とシーラスが言う。戸のところへ達する前におばあちゃんが呼び止めて、

「そいつはどうするのさ」ときいて商売人を指さした。男は長椅子《ながいす》の、犬の俵《たわら》のすぐ横にすわらされていた。犬の場所には馬がもう陣取《じんど》っている。

「そいつは馬が見てるからだいじょうぶだ」とシーラスは振《ふ》り向いて言って外に出た。しばらくすると、眠《ねむ》そうな顔をした山の住人が集まってきた。ピムは例によってゴフを連れていたが、ゴフは目に

見えて商売人がきらいなようだった。

「おまえはわしの横に移った方がよさそうだな」とウマガラス。馬のすぐそばにすわらずにすむので、商売人はよろこんでウマガラスの横に移った。

7　詐欺師《さぎし》の正体

ウマガラスのすぐ横でおとなしくすわっていた商売人はテーブルの上に両手をのせていて、危険な強盗《ごうとう》のようには見えなかった。

けれども、念のためにカワウソ猟師《りょうし》が真向かいの席に腰《こし》を下ろし、村のほかの住民はテーブルの両側に順繰《じゅんぐ》りに席についていき、全員がそろった。まだ小さいアーニャも、軽く毛布につつまれうとうとしながら父さんの腕《うで》に抱《だ》かれている。その先にはビン・ゴーヂックがいちばん下の子を連れマリアとならんですわっていた。小さい子を家においてくるなんて、考えられないことだった。

「さてと」と、落ち着いたころを見計らってカワウソ猟師が言う。「何がまた始まってるのか、聞かせてもらおうじゃないか」みんなは期待をこめてウマガラスをみつめた。ウマガラスは視線が自分に集中して上機嫌《じょうきげん》になった。ところが長いこと何も言わないでいた。人の注目を浴《あ》びていることを、しみじみと味わっているようなようすだった。が、カワウソ猟師のアーロンは、ぼさっとただすわっているつもりはない。自分には睡眠《すいみん》が必要だったので、のんびりひなたぼっこでもしていたかのようなウマガラスに、単刀直入な質問を浴《あ》びせて目を覚まさせた。

「その男だが」とカワウソ猟師《りょうし》がテーブルの上から指を一本立てて商売人の方をさした。「村にまたなんの用があるんだ？　どうして何度も山に引っぱって来るんだ」

「それはそいつにきいてみたほうがいい」とウマガラスがとげとげしく答えた。「山を登って来る途《と》中《ちゅう》で会ったのさ。こんなもんを持って暗闇《くらやみ》の中で待ち伏《ぶ》せしてやがった」そう言って、目の前においておいたナイフをつついて証拠《しょうこ》を見せた。

「ほんとうか？」カワウソ猟師が商売人にきく。

「ほんとに決まってるだろ、わしがそう言ってるんだから」ウマガラスが興奮した。「面と向かって嘘《うそ》でも言ってると思ってんのか？」

けれどもカワウソ猟師はウマガラスの反論には耳をかさず、一瞬《いっしゅん》たりとも商売人から目を離《はな》さない。

「いったいわしらの山で何をしてるんだ、おまえは」とさらにきく。

「これがおまえらの山なら、おれの山でもあるわけさ」とテーブルの反対側で男が不機嫌《ふきげん》そうに言った。

「どういう意味だ？　はっきり言ってみろ」

「おれの両親はこの山に住んでいた、引っ越《こ》すまでだが。ふたりとも山で生まれたんだ」

「名前はなんといったんだ？」

「そんなこと、どうでもいいじゃないか」

「いや、どうでもよくはない。それに、両親がこの山で生まれたにしろ、そんなこと、大きなナイフを手にして暗闇《くらやみ》に立っている理由にならない。自分がだれなのか、ちゃんと説明できないうちは、この山から離れてろ」

「今度はわしの金をねらってやがったんだよ」とウマガラスがきびしい声で言った。

「お金？」

全員が視線を商売人からウマガラスに移した。ウマガラスがお金を持ってるなんてことはなかったのに。

「こいつは競売《きょうばい》にやってきた」とみんなの無言の質問に答えて言う。「わしは家から追い出された。わしがどうやってあの家を買ったか、おぼえてるやつがいなくって、通りにほっぽり出されたのさ。だから家具を全部、いちばん高い値段をつけたやつに売って、それがすごい金になった。ところがこのうすのろは、わしがそんな大金をポケットに入れて持って歩いていると思いやがって」

「持ってるじゃないか」と商売人が叫《さけ》んだ。「もう自分のものじゃない家の中に金を隠《かく》すほどとんまじゃないだろが」

「そうかな?」ウマガラスは勝ち誇《ほこ》った笑いを隣《となり》の男に浴《あ》びせかけた。シーラスは、競売《きょうばい》についてもう少し詳《くわ》しく説明したほうがいいように感じた。ふつうの競売とはいろんな点でちがっていたからだ。まず第一に、ふつうの家にしては家具の数が飛びぬけていたこと。それはウマガラスが何年もの間港で働いた金を全部はたいて買い集めた家具で、数少ない部屋に積み重ねてあった。第二に、例になく大勢の客が来たこと。立派な家具を安い金で手に入れられると思って人が押《お》し寄せた。

そして、入札者の数が多かったため、妥当《だとう》と思われる値段をはるかに超《こ》えた金額でおたがいに競《せ》り合っていた。

シーラスは、美しい古い家具の数々を見事に描写《びょうしゃ》して聞かせた。買ったはいいがすぐに支払《しはら》いをごまかそうとした男のことも隠さずに話した。それがだれだったかは言う必要もなかった。みんなの目が商売人に移されていたからだ。しばし思いをめぐらす沈黙《ちんもく》が訪れた。

そこでビン・ゴーヂックが空咳《からせき》をし、男に、川の盗賊《とうぞく》のことを聞いたことがあるかとたずねた。

商売人はうなずいて、「うん、聞いてるが」

「盗賊のうちのだれかを知ってるのか?」

「知らないよ」と商売人は激《はげ》しく首を振《ふ》った。

「今どこにいるかも知らないのか?」

「うん、たしかなことは」と慎重《しんちょう》に商売人は答える。

「あいつら町役場の地下にぶち込《こ》まれて腐《くさ》ってるんだよ」ビン・ゴーヂックの声はまるで脅迫《きょうはく》するようだった。「見知らぬ人間がこの山に住むことには反対しない。だけど行ないはきちんとしてもらわないとな」

「だっておれは何も悪いことはしてないんだから」と商売人は急いで言う。

「じゃなんで自分がだれかをちゃんと話さないんだ」

「だってこいつの焼酎《しょうちゅう》を売り飛ばしたりなんかしてないんだから」男はきかれたことには答えずに先を続けた。

ウマガラスがぎくりとして、おばあちゃんの家に深い静寂《せいじゃく》が訪れた。「じゃ、焼酎はどこへやったんだよ」

「場所を移しただけさ」と男は告白する。

「どこへ」ウマガラスの声は氷のように冷たかった。が、揺《ゆ》れるろうそくの明かりの中で、その目は火のように燃えていた。

商売人はテーブルの上に目を伏《ふ》せて、変に弱々しく見えた。

「別の部屋へだ」とつぶやく。

「でもラム酒の壺《つぼ》はどうしたんだ」とウマガラスは知りたがった。

「あれはみんな舟《ふね》にのせて町まで運んでった」と打ち明ける。

「で、売ったんだな？」とウマガラスがさらに追及《ついきゅう》した。

「おまえの家具を買う金を手に入れるためにさ」

「たぶんそんなこったろうと思ってたよ」とウマガラスが苦々《にがにが》しげに言った。

「だっておれは商売をして食ってるんだから」と商売人は言い訳をする。

「おまえは人をだまして盗《ぬす》んで、人の目をだまして食ってるんだよ」とウマガラスが怒《おこ》って言った。

「おまえは役人を煙《けむ》に巻いて、お札をぬいて少なめに金をおきやがった」

みんながおたがいの顔を見まわしている。シーラスは、実際のところ、このふたりは狐《きつね》と狸《たぬき》ではないかと思っていた。商売上の痛いところをつつきあっている。

「それにしてもどうやってあんなに早くここまで来られたんだ？」とシーラスがきいた。男は色あせて形のくずれた中折帽《なかおればう》をまだかぶったままでいる。

商売人は少々ためらっていたが、「馬を借りなきゃいけなかった」と答えた。

「盗《ぬす》んだ、ってことだな？」

「あとで返すんだから盗んだことにはならない」と男は自己弁護して、「ただ借りただけだ」

「でも、おまえが『借りてた』間に、もしも馬に何かあったらどうするつもりだったんだ？」

「そりゃあ、まあ、残念なことで」

「で、その馬は今どこにいるんだよ」とシーラスがきく。

「山の下だ。つないである。——ちょっと借りただけなんだから、原っぱにいた馬を」

「それは盗んだことにならないってわけだ」

「ちゃんと返すんだからな」

「どうして売ったりしないって言えるんだ？　たとえば隣《となり》の町で」

「ことによったらそうしないとも限らないが」

「よくそういうことしてるのか？　馬を借りるってことだけど」

「いや、おれは馬に乗るのは好きじゃないから。だいたい馬が好きじゃないし」と言って男はウマガラスの馬のほうを盗み見た。そいつは犬の場所を陣取《じんど》って、一瞬《いっしゅん》も男から目を離《はな》さないでいる。

「名前も言わない、両親がだれだったかも言わないんじゃ、おまえを信用するわけにはいかないんだけどな」とビン・ゴーヂックが言ってため息をついた。

「名前はインゴだよ」と商売人が答えた。「シゴルの息子《むすこ》だ」

「父親の名前がシゴルなんだな？」

「ちがうね。だからおれの名前はシゴルソンでもいいわけだ」

「どうしようもないやつだな、おまえは」とビン・ゴーヂックがまたため息をついた。「やっぱりおまえをここにおいとくわけにはいかない。山の上だろうが中だろうが」

「じゃ、もう行ってもいいのか？」とよろこんで商売人がきいた。

「だめだ」とカワウソ猟師《りょうし》。「今夜はここに残ってもらう」

「どうしてさ。何もしてないんだぜ。こいつの焼酎《しょうちゅう》も売ってないし、金も盗《ぬす》んでない」

「そんなこと自慢《じまん》にならないよ」と、いつもとちがって長いこと口をきかないでいたおばあちゃんが、おだやかな声で言った。「でも、あんまり信用できそうにないね」

「でも、どうしてここに今夜残らなくちゃいけないのさ」

「シーラスが町までついていって、あんたがちゃんと持主に馬を返すか確めるためだよ」

　商売人はおそろしい目にでもあったような顔をした。「で、おれが家の中へ入ってくのか？」

「もちろんさ。そして、ちょっと借りました、ありがとう、って言うんだ」カワウソ猟師がそれに答えた。

「だって、野っ原にまた放してくるだけでいいじゃないか」と商売人。

「盗んだんじゃなくて借りたって言ってるんだから、そうはいかないな」

商売人は少々うなだれた。おばあちゃんが、どこで寝《ね》るのかときくと、ますますうなだれてしまった。

「わしのところへ泊《と》まればいい」とすぐにウマガラスから返事があったからだ。「馬といっしょにな」

「でも穴蔵《あなぐら》にはまだ納屋のようなものはこしらえてないのに」とビン・ゴーヂックが反対した。

「なんとかなるさ」とウマガラスは宣言して、「わしが寝床《ねどこ》に寝て馬が戸の前に横んなりゃ、こいつはその間に寝られるわ」

商売人が悲鳴を上げた。「馬に殺されちゃうよ」と泣き言を言う。

「こそこそ逃《に》げ出そうとしなけりゃだいじょぶだ」とウマガラスがきっぱりと言った。「そうしないとこの馬、ほんとにやるぜ。ま、おまえみたいなやつのひとりやふたり、いなくなったってどうってことあるまいが。その時にゃ、わしがこの手で穴を掘《ほ》って埋《う》めてやるよ」

「やめてくれ、やめてくれよ、もう」商売人はおびえた声を出したが、テーブルの上で固く握《にぎ》りあわせていた両手を人知れずに動かし、まだウマガラスの前においてあったナイフの方へ移した。

そして両手をパッと開き、ナイフの柄《え》をつかんだ。

と、その瞬間《しゅんかん》にウマガラスの手が男の両手に振《ふ》り下ろされた。ワシの爪《つめ》のような手が商売人の指をつかみ、勝どきの叫《さけ》びをのどの奥《おく》から絞《しぼ》り出した。

「はっ、つかまえたぞ」とほえるように言う。「四十年以上も前、広場で公衆の面前で首吊《くびつ》りにされたソーテ・モーリッツの息子だ、おまえは」

商売人は途方《とほう》に暮れて両手を振《ふ》りほどこうとしたが、ウマガラスの爪《つめ》におさえられ、テーブルに釘《くぎ》付《づ》けにされたかのようになっていた。部屋には、麻痺《まひ》したような重い空気が漂《ただよ》っている。

ウマガラスが大笑いをし、商売人は顔面蒼白《そうはく》になった。両手を動かそうとするたびに、ウマガラスの爪がますます深く肉に食い込《こ》んでいたからだ。

「おまえは子買いの息子だ。わしの両親からこのわしを買って、旅の手品師に売り飛ばしたやつの息子だ。どっかで見たことのあるやつに似た面《つら》をしてやがると思ってたぜ。手品師の手にわたるまで、鍵《かぎ》をかけてわしを閉じ込めておきやがった。ほかの子供たちみんなにしていたようにな。その罪で首吊りにされたのをこの目で見た。あいつが死ぬのを見た時、わしはもう大人になっていた。おまえはあいつ、ソーテ・モーリッツにそっくりだ。どうやら心まであいつに似ているようだな」

商売人は激《はげ》しく反論した。

「おれは子供を売り買いしたおぼえはない」と叫ばんばかりの声。「村をまわって貧しい連中に子供と引き替《か》えに金をわたし、あとでその子らを働き手として売り払《はら》うようなことは、一度だってしていない。そんな真似《まね》、決して」と言ったところで、声がすすり泣きを思わせるようなものになって消えてしまった。

「ウルスはどうなんだよ」とおばあちゃんがきいた。

商売人はびっくりした目を大きく見開いて、

「ウルスってだれさ。そんな名前のやつ、知らないよ。そんな名前、聞いたこともない」

「そうだろうね。なのにその子は流れに逆らってあんたのボートを二年も曳《ひ》いてたんだ。あんたはあの子の名前さえきこうとしなかった。昼間は閉じ込め、夜になると無理矢理旅をさせてたんだ。あんたはあの子が他人と口をきくのを禁じていた。それでも人と話したりすると、あの子を殴《なぐ》ってた」

「食い物と寝《ね》る場所はいつもちゃんとやってたさ」と商売人が言い返した。

「一晩中働いていた分のかい？」おばあちゃんの声は錐《きり》のように鋭《するど》くなっている。

「でも、おれはそんな名の子は知らないんだから」

「その子、このテーブルにすわってるよ」

商売人はあわてて見わたしたが気がつかない。ウルスは髪《かみ》を編んでもらい、おとなの服を着ていた。おばあちゃんはウルスに立つように言った。

「それにこの子はもう子供じゃない」と商売人はなおも言い訳をした。

「あんたが取った時には子供だったさ」とおばあちゃん。「親なし子だったから、金を払《はら》う必要もなかった」

「だってその子は大人じゃないか」商売人はあとに引かない。

「おまえのおやじが首吊《くびつ》りにされるのを見た時、わしもそのくらいの年だった」と乾《かわ》いた声でウマガラスが言った。

商売人は縮こまった。

「子買いの息子《むすこ》め」とウマガラスは鼻で笑う。

「おれは子買いの息子なんかじゃない。おまえの思い込《こ》みだ」

「ところがおまえはそうなのさ。見ればわかる。あいつの姿格好は決して忘れやしない」そう言ってウマガラスは、商売人の、女のような両手をしっかり押《お》さえたまま立ち上がった。仕方なく商売人もついていき、すぐうしろに馬が従った。出ていく前にウマガラスが商売人の長いナイフを取り上げた。おばあちゃんは心配そうな顔をしたが、おそろしいナイフが家から消えたので、いくぶん安心していた。

カワウソ猟師《りょうし》、ビン・ゴーヂックとシーラスの三人は、ちゃんと穴蔵《あなぐら》へ入っていったかどうか確かめるためについていった。ウマガラスは、みすぼらしい寝床《ねどこ》にすぐに横になった。セバスチャンの残していったすり切れた毛皮が散らばっていて、見栄《みば》えがしない寝床だ。ナイフは壁際《かべぎわ》のいちばん奥《おく》に刺《さ》しておいた。ウマガラスの目を覚まさずには届かない場所だ。

商売人は言われたとおりおとなしく地面に横になった。両手から血が流れていて、どう見ても諍《いさか》いを始める元気はなさそうだった。そこでカワウソ猟師とビン・ゴーヂックは表へ出て、シーラスが、戸を半分開けたまま馬をなんとか中へ導き入れた。そしておやすみを言い、それぞれの家に戻《もど》った。けれども、おばあちゃんの家での集まりは衝撃的《しょうげきてき》で、そうやすやすとは眠《ねむ》りにつけそうになかった。

そのため、商売人の悲鳴を聞いた者が何人もいた。商売人は、非常識にも外へ逃《のが》れようとして戸に近づいたのだった。シーラスは素早《すばや》く寝床から出て、忍《しの》び足で通りを進んでいった。何が起こってもいいように構えている。でも何も起こらなかった。クソ馬が商売人をかみ、悲鳴が上がったあとでウマガラスの耳慣れた鋸《のこぎり》をひくような声がして、横になって黙《だま》ってろと言う短い命令が出された。男は命令に従ったようで、その夜はそれから静かになった。

あたりが明るくなるとシーラスは早速商売人を受け取って、いっしょに歩いて山を下りた。シーラスは黒馬を引いている。山のふもとには、商売人が乗ってきた馬がつないであった。届くかぎりの草が食いつくされ、木の皮まではがされている。

シーラスは商売人に、馬を川まで連れていって水を飲ませるよう言いつけた。それから町まで馬を走らせた。どちらも何も言わなかったが、おたがいを監視《かんし》していた。シーラスは、商売人が下手な乗り手だとすぐに気がついた。すわり方がまちがってるし、手綱《たづな》の引き方も乱暴すぎて、馬と全然気が合っていなかった。

鞭《むち》がないのでどこかで折ってきたらしい細い枝で、時折激《はげ》しく馬を叩《たた》いていた。そのたびに馬がいきなり足早になるので振《ふ》り落とされそうになり、手綱を引いて止めることになる。すべて、決定権は自分にあると見せしめる行為《こうい》だった。

シーラスは、町に近づいて、馬が一頭いた草原に出るとほっとした。商売人の馬が呼ぶようにいななくと、そのひとりぼっちの馬がたちまち疾走《しっそう》してきた。

囲いのところで商売人が馬から地面に滑《すべ》りおりようとするのでシーラスが止めた。

「まずこの草原がだれのものか調べるんだ」とシーラス。

「そんな必要ないだろ」と商売人はいやがった。「馬をこの中へ入れとけば簡単にすむじゃないか」

「それはそうだ」と一応認めてシーラスは、「でもそういう問題じゃない」

「じゃ何が問題なのさ」と商売人がふてくされてきいた。

「馬を借りた礼を言うかどうかだ。土地の持主はどこに住んでるのかな」

「知らないね」どうでもいいように商売人が言う。

「それじゃ見つけよう」と答えてシーラスは、いちばん近くの家まで行って馬から飛びおり、片手を端綱《はづな》にかけたまま戸を叩いた。しばらくあって女が戸口に現われ、ふたりの男を眺《なが》めまわした。

シーラスは用事を説明したが、女は馬はその家のものではないと言う。馬は飼ってないと。

「隣《となり》の家に行ってみるといい。あそこは馬を持ってるから」

その家でも女が出てきた。二頭の馬を目にすると急いで奥《おく》へ亭主《ていしゅ》を呼びにいった。パイプの煙《けむり》をたなびかせて男が走り出てくる。不機嫌《ふきげん》で、いきなり叱《しか》りとばしだした。ようやくシーラスが口をはさむことができ事情を説明する。あそこで馬に乗ってる男はその馬をちょっと借りた。それを今返しにきた。お礼を言います。そう聞くと馬の持主は怪訝《けげん》な顔をして、

「男って、どこにいるんだ」ときく。

シーラスが振り向くと、商売人が消えていた。

「どっちへ行ったか見たのか」とシーラスはパイプの男にきいた。

「どっちって、だれがさ」

「馬に乗ってた男さ」

「だれも乗ってないぜ。そんなに謝《あやま》ってばかりいないで、おれの知らない間に馬を使った分、銀貨の一枚でも払《はら》ったらどうだ」

持主は馬を呼び寄せて端綱《はづな》を取り、片手を差し出して銀貨を要求した。シーラスは、ここは立腹している馬の持主に硬貨の二、三枚もやらずには引っ込《こ》みがつくまいと思った。でも銀貨はやれない。それは高すぎる。

戸口の内側には女がまだ立っていて、ふたりの話を聞いていた。おどろいて両手で顔をおおう。馬に男が乗っていたのを見ていたからだ。

不安げに亭主《ていしゅ》にそのことを知らせようとしてみたが、亭主は自分の言葉に聞きほれて耳をかさず、人は信用できない、自分の行為《こうい》に責任を取る能力に欠けている、とかなんとか大声でまくしたて、女の言うことを聞かなかった。

そこでシーラスはただ礼を言い、男に銅貨を二枚わたして立ち去った。商売人の姿を見ることはなかった。どこかに隠《かく》れていたか、ひょっとしてもう町の裏の世界、隠れ場所に戻《もど》っているのかもしれない。なんという生き方だろう。

セバスチャン山に帰る途上《とじょう》、シーラスは考えていた。自分のあるがままを人から認められないというのは、どんなに惨《みじ》めな思いだろう。自分がだれだか、両親がだれだか言えず、自分の行為を認める勇気もない。ウマガラスが主張していたように、商売人が子買いの息子《むすこ》だったというのはおそらくほんとうだったろう。親子で似ている、それも一世代もの長い年月がたってからの主張にすぎなかったにしろだ。いや、だからこそ正しいとも言える。息子が父親に似ているというのは、息子が父親と同じ年齢《ねんれい》になって初めてはっきりと現われるものなのかもしれないからだ。

ウマガラス自身が子買いに売られたという事実は、その心に子買いの男の印象を強烈《きょうれつ》に刻印したにちがいなく、男の子孫の容貌《ようぼう》を見ただけで思い出されるほどのものだったのだろう。

シーラスには、ウマガラスが人を憎《にく》み乱暴を働く悪者にやむを得ずに成長してしまったのが心底理解できた。シーラスの知るかぎり、だれひとりウマガラスの面倒《めんどう》を見てやった者はいなかった。いつでも嫌《きら》われ除《の》け者にされていた。

子買いの息子も同じような境遇《きょうぐう》におかれていたんだろうか。ウマガラスほどはあからさまではなかったにしろ。父親のしていた悪徳行為のために、男は成長期にだれも相手にされなかったんだろうか。そのために否応《いやおう》なしに、嘘《うそ》で固められ恥《はじ》と盗《ぬす》みと隠《かく》し事だらけの人生を送るはめになったのか。

セバスチャン山が近づいてシーラスは、戻《もど》ったらすぐにウマガラスといっしょに山へ入り、商売人が焼酎《しょうちゅう》を移したという秘密の穴蔵《あなぐら》を見つけにいくことに決めた。移したというのはもちろん商売人が言ったことで、嘘かもしれなかったが、それでウマガラスは納得するはずだった。

ただおどろかせられるのは、山の中で次々と新しい場所が見つけられることだった。商売人がウルスといっしょにしばらく住んでいたという洞窟《どうくつ》がそうだった。そこは以前から商売人が寝泊《ねと》まりするのに使っていたと言う。シーラスも村のほかの住人もそうだったが、道に迷いはしないかという怖《おそ》れから山の内部を詳《くわ》しく調べてみることはしないできた。一方商売人は、たえず人の目を盗《ぬす》んで暮らすという必要にかられて、隠《かく》れ場所をさがすことになったにちがいなかった。舟《ふね》を曳《ひ》いていたほかの連中ともこれまでにあそこで泊まっていたのだろうか。そのせいで山の穴蔵《あなぐら》や通路のことを知っている者が大勢いるかもしれないと思うと、いやな気がした。けれども、暗闇《くらやみ》で迷ってしまうという怖れから、心配性の人たちならひとりでさぐってみようとはしないだろうと考えることもできる。

ひょっとして通路のそこかしこ、横道のさらに横道に、道に迷って戻《もど》れなくなった者の死体が見つかるかもしれないではないか。そう思うとおそろしくなった。にもかかわらず、一度そう思ってみるとありそうな話に思えてきた。そんなことがあったからこそ、その昔セバスチャンの両親は、セバスチャンの弟のマッティは山の中で道に迷っていなくなったんだと話して聞かせ、セバスチャン少年を信じさせたのかもしれなかった。

シーラスが戻ってみるとウマガラスはまだ寝ていた。昼過ぎだったというのに、ずっと寝ていたという話だった。

馬を外へ出して運動させ、水と草をやらなければ、と言い出したのはウルスだった。ピムがセバスチャンの隠し場所から鎖《くさり》をもう一本、それから長い鉄棒を見つけてきて、鉄棒は教会のそばの岩場の裂《さ》け目に打ち込んだ。そしてふたりでそこへ馬をつないだ。そのあたりに草は生えていなかったが、羊の冬の餌《えさ》の干し草をひと抱《かか》え持っていってやると、小柄《こがら》な馬は満足そうだった。

ウマガラスがその日を寝る日にしたと聞いてもシーラスは別におどろかなかった。長いつきあいで得た経験のおかげで、ウマガラスの寝る習慣には、それに限らずウマガラスの習慣すべてに言えたことだが、もうちょっとやそっとのことではおどろかなくなっていた。けれどもいっしょに山に入っていって焼酎《しょうちゅう》をさがすのなら、早くしたほうがいい。その日にしなくてはいけないのならの話だが。それでウマガラスを起こすことにして穴蔵の戸のところへ行き、ノックした。

だれも答えない。別に答えるとも思っていなかったのでそっと戸を開け薄闇《うすやみ》の中を見てみた。光が乏《とぼ》しくて目が慣れるまでにしばらくかかったが、寝床《ねどこ》にはいつもかぶっている帽子《ぼうし》を片端《かたはし》において長い影《かげ》が落ちていた。

「ホー、ホー」とシーラスは穴蔵の中を呼んでみた。思わず、昔セバスチャンが羊を呼ぶのに使っていた声を出していた。

ウマガラスは動かなかった。シーラスは戸を開け広げ、遅《おそ》い午後の明かりが差し込んでウマガラスを活気づけるといいと思った。横になっているウマガラスはあまりふくらみがなかった。ここんところやせて縮んでしまったのだろうか。太っていたことは一度もないウマガラス、でも、戸口から見えるやせた姿と比べたら、もっとがっしりしていたはずだ。

シーラスがすぐそばまで近寄って初めて、またしても裏をかかれたことを思い知らされた。寝床《ねどこ》に横たわっていたのは、ウマガラスの古びた帽子《ぼうし》と、そこから上手にあしらって延ばされていた古い毛皮の断片だった。はめ板もきちんと閉じられていた。どうしてそんな芸当ができたのかはわからない。厚くて重い寝床の底の板は大体いつもの場所にあり、降り口をおおっていた。そうしてまんまと人をだましてウマガラスは出かけたようだった。いなくなっていることを悟《さと》られないようにして。シーラスは立ちつくして考えた。

ウマガラスは下でもちろん焼酎《しょうちゅう》をさがしているはず。すぐに上がってくるつもりだったのかもしれないが、まだ戻《もど》ってきていないところをみると、何かあったらしい。

シーラスは自分の家に寄ってろうそくを取ってきた。家にはだれもいなかった。急いで戻って毛皮の断片を一方に寄せ、寝床の中央のはめ板を取り外した。ろうそくを手に持って入口から這《は》い下り、敏捷《びんしょう》に進みながら耳を澄《す》ました。もしも商売人が、ほんとうにだれにも知られていなかった焼酎やほかの酒壺《さけつぼ》の隠《かく》し場所を見つけたのなら、よっぽどの注意を払《はら》わずにはその場所は見つけられまい。それは疑いの余地のないことだった。

洞窟《どうくつ》の墓場に達してシーラスは、ちょっとのぞいてウマガラスがいないか確かめてみた。通り過ぎたりしないように。洞窟はからっぽだった。けれども念のためにセバスチャンの墓の中を見ておくことにする。中にはセバスチャンだけで、壺などおいてなかった。

が、石をもとの位置にもどす段になって、歌声が聞こえるような気がした。遠く途切《とぎ》れ途切れだったが、あきらかにウマガラスが酒を食らった時に歌う歌だった。

歌声に耳を澄ませながらシーラスは、墓の棚《たな》に沿って歩きまわり、ずっと狭《せま》い奥《おく》の穴に達した。そこにはまだ棚が掘《ほ》ってなく、天井《てんじょう》から落ちた石も片付けられずに床に散らばったままになっていた。シーラスがまだ来たことのない場所だった。ウマガラスの歌声がますますはっきりしてくる。

まわりの空間がせばまり、細い割れ目だけになってしまった。シーラスは慎重《しんちょう》に歩き、どんどん中へ入っていくと、割れ目がいきなり新しい穴蔵《あなぐら》に広がった。暗い穴の中に、高いところから細い日の光の帯が差し込《こ》んでいた。今いるセバスチャン山の村の住人は、いまだかつてひとりもそこに来たことがない。シーラスは確信した。ウマガラスはたぶん例外だったろうが。残っていた焼酎をここに運び入れることぐらい、商売人にはわけなかったろう。半分飲み干した焼酎の壺を手にして、ウマガラスが岩に腰掛《こしか》け壁《かべ》に寄りかかっていた。

「死人の家にようこそだ」とシーラスに目を留めてウマガラスが陽気に叫《さけ》んだ。

「叫ぶのはよせ」とシーラスが答える。「天井《てんじょう》が崩《くず》れるじゃないか」

するとウマガラスが大笑いをし、穴蔵《あなぐら》の中央で小石がぱらぱらと落ちた。

「いい死に方だ、これは」と答え、ウマガラスは歓迎《かんげい》の印であるかのように両腕《りょううで》をあげた。

シーラスは穴の奥《おく》のほうには入っていかなかった。入り口のすぐ中側に立ち、そこから内部をじっくり観察した。反対側の端《はし》に低い割れ目があるような感じがしたが、今は調べてみる気になれなかった。ウマガラスを連れ戻《もど》そうともしなかった。飲み終わらせ、そこで酔《よ》いをさまさせるほうが賢明《けんめい》だった。

8　舟《ふな》曳《ひ》き

ウマガラスが山の中で酔《よ》いつぶれて寝《ね》ていると聞いて、ウルスは馬の世話を買って出た。そしてその次の日、ウマガラスがおそらく徒歩でどこかへ行ってしまったとわかると、ウルスは思い切りよく自分の寝具《しんぐ》をその古い穴蔵《あなぐら》に移してしまった。それがきっかけでピムとビン・ゴーデックは、計画していた横の壁《かべ》に特別な部屋を作る仕事に着手し、岩壁を掘《ほ》り始めた。

ふたりともその種の仕事をしたことがなかったが、村の古い家の多くが、家を広くするために奥《おく》の壁に穴を掘っていたのを見ていたので、ようすは大体わかっていた。それは穴というよりは上の部分がアーチ状の壁龕《へきがん》で、食料の保存所として使われていた。小柄《こがら》な馬に場所を作ってやるのだ。なんの支障《ししょう》もあるはずがない。

すぐにわかったことだが、いちばん面倒《めんどう》だったのは、砕《くだ》いた岩の始末だった。けれどもそれはウルスが引き受けた。大きなかけらは両手にかかえて道の反対側に運び、胸壁《きょうへき》の適当な場所から山腹に落とした。小さいかけらは、おばあちゃんに借りたかごに集める。そうして、思ったより早く小さな馬用の穴ができあがった。場所に余裕《よゆう》を持たせるために、ピムが床《ゆか》からちょうどよさそうな高さの壁《かべ》に穴を開け、かいば桶《おけ》のかわりにした。そして最後にたっぷり分厚くワラを敷《し》いてやった。

「ウマガラス、これを見てなんて言うかな」期待に胸をふくらませてウルスが、ビン・ゴーヂックが入り口に鉄棒を二本はめた馬用の新しい部屋をながめてきいた。

「それは何とも言えないな」とビン・ゴーヂックは答える。「あいつに関してはな、なんにしろ確実に予測するなんて無理な話なんだ。いつだったか長いことといなくなってたことがあって、この穴蔵《あなぐら》を、当分の間はってことで、ここに引っ越《こ》してきた人に使わせてたんだ。家の準備をしてあげてる間にね。ところがある晩ウマガラスが帰ってきて、いきなりなんの前ぶれもなしに寝床《ねどこ》に飛びこんで、そこに寝てた男の上にどさっと落ちたのさ。もう少しでその男、足腰《あしこし》たたなくなっちまうところだった」

ウルスがこわがってビン・ゴーヂックを見つめている。

「その男の脛《すね》の骨ったら目も当てられなかったなあ」とささやくような声でピムが言った。「寝床に人がいたってことでウマガラスも肝《きも》をつぶして、待ち伏《ぶ》せされたとでも思ったんだろうな、自分の体重で押《お》さえつけておいて、鉄のかかとをそいつの脚《あし》にお見舞《みま》いしたのさ。男が大声でわめき叫《さけ》んだからおれたち聞きつけたんだけど、じゃなかったら完全に殺されてたね」

「あたしがそこに寝てたらどうなるの？」とウルスがそっとたずねた。

ピムもビン・ゴーヂックも考えこんでしまう。女の子はおびえた目を大きく見開いていた。

「あたし、寝床には馬を寝かせようと思うわ」と、少々ためらいがちにウルスが言った。

「で、自分はワラの上に寝るのか？」とピムがきき、新しい部屋のほうに腕《うで》をのばした。

「だめかしら」

「馬に何かあったらまずいじゃないか」とピム。

「どさっとのっかる相手が馬か人間かのちがいぐらい、わかるんじゃないかしら」と答えたウルスは、もうそんなにこわがっていないようだった。

「あいつ、この馬にはやさしいからな」とピムが言う。

「やっぱりワラの上に寝るわ、あたし」と決めたウルスがおだやかに言った。

寝床の上にワラを敷《し》いてもらい、馬は文句を言わなかった。五日の間ウルスは新しい馬の穴で寝たが、何も起こらなかった。六日目の夜、戸を激《はげ》しく叩《たた》く音がしてウルスはおびえて目をさました。

「だれ？」大きな声できき、鍵《かぎ》などかけてないのにウマガラスはどうしてすっと入ってこないんだろうと不思議に思った。

「そこをどけ、畜生《ちくしょう》」とウマガラスの声が響《ひび》きわたる。「そんなとこにいちゃ、わしが上がれねえ」

ウルスは震《ふる》え上がった。声は戸口からではなく、穴の反対側でしていたからだ。簞笥《たんす》の中にでもいるような声だった。

どうしよう。叫《さけ》ぶんなら今かしら。

もう一度激《はげ》しく叩《たた》く音がし、馬が起き上がって寝床《ねどこ》から飛び降りた。そして突然《とつぜん》ウルスは、寝床の底が動き、ワラが床《ゆか》に落ちるのを目撃《もくげき》した。重い底板が二枚外され、それも床に落ちる。と見るや馬がすぐに穴に鼻面《はなづら》を入れ、うれしそうにいないた。

「わかった、わかった、ふざけやがって、おいぼれ馬め」ウマガラスは文句を言ってもう一枚底板をのけようとした。

「どけったら」ウマガラスは片腕《かたうで》を出し、帽子《ぼうし》に目を留めた。帽子は隅《すみ》に押《お》しやられ、馬がその上に鼻面をのせて横になっていたらしく、ぺしゃんこになっていた。

けれども馬は動かなかった。かわりに鼻の先でウマガラスの頭を楽しそうにこすっている。ウマガラスは帽子をかぶろうとしたが無理だった。すぐに馬が押しのけて落としてしまった。

「わしの帽子になんてことしやがるんだ、ロバめ」

そう言われても馬はウマガラスの髪《かみ》に鼻息を吹《ふ》きかけるばかりで、髪が四方に立ち広がった。仕方なくウマガラスはもう一度穴の下におり、身に欠かせない帽子をさがしてまわる。

もう一度上がってくると、殴《なぐ》る振《ふ》りをして馬をうしろにさがらせた。そうしてようやくほかの底板ものけることができ、両腕《りょうで》、身体を穴から出して床に降り立った。そして、壁《かべ》の小さな棚《たな》においてあったろうそくの淡《あわ》い光の中であたりを見まわした。

最初に目に入ったのは、女の子の怖気《おじけ》づいた顔だった。

「何をしてやがるんだ、こんなとこで」ウマガラスが叫ぶ。その時になって初めて壁に穴があいているのに気がついた。

「わしの家をこわしやがったな、このみなしごめが」

「こわしてなんかない。馬のために作ったんだから」とウルスがそっと言った。

「寝床に寝てたのは馬じゃねえか」とウマガラスは叫び、おどかすような目で女の子をにらんだ。どうやら見おぼえがないらしい。

「場所を変えただけよ」とウルスはおとなしく答えた。

すると馬が長い鼻面をウマガラスの肩《かた》にやさしくおき、耳に息を吹きかけた。

「あんたがいなくなってた間、面倒《めんどう》を見てあげてたの」とウルスは急いで言った。

「いなくなってた？」とウマガラスが叫んだ。「わしがいなくなってただなんて、だれが言った」

ウルスはもうそれ以上耐《た》えられなくなってしまい、戸口へ飛んでいって外へ出た。まだ夜だったが、空には朝日の最初の印が見え始めていた。

おばあちゃんの家の厚板の戸を両手の手のひらで叩《たた》きながら、ウルスはこわごわと通りのほうを見つめていた。黒装束《くろしょうぞく》の恐《おそ》ろしい女が追いかけてきているかもしれない。外にだれかいるらしいとやっとおばあちゃんが気づき、そっと歩み寄ってだれだかきいてみたが、忍《しの》び泣きをおさえていた女の子はほとんど言葉が出なかった。

安全な家の中に入るとほんとの泣き声にかわり、おばあちゃんはあの手この手で女の子をなぐさめにかかった。

泣きじゃくりながらウルスは、今あった出来事を話して聞かせる。ウルスが穴蔵《あなぐら》にいるのに気づき、我を忘れたウマガラスがどのくらい怒《おこ》ったか、馬に場所を作ってやったことでどのくらい腹を立てたか。

「それに、あたしが馬の世話をしてあげてたことちっともよろこばないで、自分はいなくなってなんかいなかったって」

「それはそう言えるかもね」とおばあちゃんがおだやかに言った。「よくわからないけど、山の中のどっかで寝転《ねころ》がって、酔《よ》っぱらってただけかもしれないし。目がさめた時、きっとすごく気分が悪かったんだよ」

ウルスは、自分が味わわされたことがそんなにひどいことだとは思っていないようなおばあちゃんを、おどろいた目で見ていた。

「でもね、だれもあの馬を見てあげなかったんなら、ほんとにかわいそうだ。それはたしかだよ。だけどあの馬、そんなこと前にもあったにちがいないからね」とおばあちゃんが続けて言った。

「穴にあの人が現われたのを見ると、馬はすごくよろこんでね、鼻面《はなづら》を髪《かみ》の毛に突《つ》き出して帽子《ぼうし》を落としちゃったの」そう言ってウルスはおかしそうに笑い、その場面を思い出して吹《ふ》き出しそうになってしまった。おばあちゃんは安心した。ウルスがもうあそこへは行かないと言い出すのではないかと心配していたからだ。あの馬にしろ新しい馬用の穴にしろ、ウルスは一所懸命《いっしょけんめい》やっていたのに、ひどく叱《しか》られてしまったから。

奥《おく》の部屋にまた戻《もど》ってきていいよ、とおばあちゃんが言おうとしたところへ、だれかが戸口にやってきた。ウマガラスではないかとウルスがおびえたのがすぐにわかった。でもおばあちゃんは、ウマガラスの戸の開け方ではないと思った。虫の居所の悪い時のウマガラスは、いつも長靴《ちょうか》で蹴《け》って戸を開けていた。そのため、おばあちゃんが戸を開けた時に、小柄《こがら》で毛むくじゃらの馬が慣れた脚《あし》つきで入ってきても別におどろいたりしなかった。

するとウルスは、自分が穴蔵《あなぐら》を飛び出してくる時に戸を閉め忘れていたのを思い出した。「どうしたらいい？」

「何にもしなくてだいじょうぶ」とおばあちゃんが答える。「あの人もう寝《ね》ちまってるよ」

小柄《こがら》な馬はテーブルをまわり、犬の場所にごく当たり前のような顔をして横になった。ウルスは立ち上がって馬のところへ行き、首に腕《うで》をまわしてあげた。自分でもよくは分からなかったが、馬がそうして訪ねてきてくれてうれしかった。名誉《めいよ》回復のように思えた。そして、馬が鼻面《はなづら》を髪《かみ》の毛に当てて撫《な》でてくれた時には、ウルスは心の平衡《へいこう》を取りもどしていた。忍《しの》び足で奥《おく》の部屋に行くと、横になっていたチュステが目をさましていて、ウルスの寝る場所をよろこんであけてくれた。

次の日、みんなはウマガラスが現われるのを長いこと待っていた。結局シーラスが穴蔵までようすを見に行くことになったが、ウマガラスはどこにもいなかった。ウルスが馬といっしょに穴蔵へ移った時におばあちゃんから借りて持っていった寝具《しんぐ》は、まだ馬の穴に散らばっていて、寝床《ねどこ》は底を閉じてあった。

「山へまたおりていったか、町へ行ったかだな」とシーラスは推測した。

「でも、馬は？　まだここにいるじゃない」とウルスが言い返す。

「ここにおいてきぼりにしても困ったりしないって証明したのはおまえじゃないか」とからかってシーラスはウルスを見た。

「そうよ、だけど、あたしあそこではもう寝ないわ」とウルスが固い決心をしたように言った。

「でも馬はあそこにいていいわけだから」とおばあちゃん。「この家においとくのはちょっと大変だし。あんたが昼間は外に出してやりゃいいじゃないか」

それにはウルスもうなずいた。

次の週になってもウマガラスはまだ姿を見せなかったので、どこへ行ってしまったんだろうと、みんなで思いをめぐらしていた。これからは山に住むと、ウマガラスは自分で言っていたではないか。

「町の家が恋《こい》しいんだろうと思うね」とシーラスが言った。「近所のやきもちなやつらのせいで通りにほっぽり出されたのが、まだ忘れられないんだよ」

「でもあの人に何ができるって言うの？」

「別の家を買うことさ」とシーラスが答える。「もともとは墓掘《はかほ》りの家だった前の家よりもっと立派なのをね」

「山の中で焼酎《しょうちゅう》を見つけたんで死ぬほど飲んだくれてる、そういうわけじゃないって言うのね？」とヨアンナがきいた。

「ぼくは家のことだと思うね」とシーラスが答える。「何しろあいつは金を持ってるんだから。それも大金をね」

「どこに持ってるの?」ときいたのはタイスだ。

「それはだれも知らない」とシーラス。「でも、あいつは何から何までポケットに入れて持ち歩いているから。あのスカートには思いもよらないほどの場所があるんだ」

「でもそんなことしてて危なくないの?」とウルス。みんなにはウルスが商売人のことを考えているらしいのがわかった。

それにはだれも答えなかった。ちょうどその時、真っ昼間だというのにピムが羊を連れて戻《もど》ってきたせいかもしれなかった。ウマガラスのお金の問題は宙に浮《う》いてしまい、だれもふれようとしなかった。

寒かったので若い羊飼いはセバスチャンの古くて重いコートに身を包んでいた。その姿を見るたびに、シーラスは胸がキュッとなった。年老いた羊飼いは、思ったよりはるかに長く生きていた。にもかかわらず、セバスチャンに似た人物を目にするたびに、シーラスは何度も悲しみにおそわれるのだった。

「舟《ふね》が見えなくなってるんだ」と、やっと息がつけるようになってからピムがはっきりと言った。そのために急いで来たのだった。

しーんと静まり返ってしまった。舟をなくすのはみんなにとって最悪の事態だ。町に行くことができなくなり、山で作って余ったものを市場に出せなくなる。雄《おす》の子羊、ヤギのミルクで作ったチーズ、野菜類から木彫《きぼ》りの皿やスプーン、毛糸や編んだ靴下《くつした》などだ。

「でもあの人、舟が操《あやつ》れるの?」とウルスが慎重《しんちょう》にきいてみた。

「あいつは自分で舟を持ってたことがある」とシーラスが答えたが、家がわりに住む以外、何に使っていたのかは知らなかった。

「売っ払《ぱら》っちまったりしないといいんだが」と心配そうにビン・ゴーギックが言った。

それにはだれも答えなかった。みんなが恐《おそ》れていたことだったからだ。徐々《じょじょ》にだがおだやかな季節が近づいてきている今、あの舟なしにはやっていけない。

「見つけなきゃ、舟を」とビン・ゴーギック。「だれかに馬を連れて行かせて、舟を取りもどしてこなくっちゃ」

みんなはうなずく。

シーラスはもちろん行く。最初からあの舟はシーラスのものだった。ほかにはだれが行くか。馬に乗れて舟のことも知っていないといけない。シーラスは、おばあちゃんのほうを頼《たの》むような目で見たりしないようにした。町までの長い道のりを馬に揺《ゆ》られていくにはもう年をとり過ぎているし、シーラスが望めば行くって言うのに決まっていたからだ。

ではだれにするか。

タイスは若すぎるし未経験。ピムは羊のことがあるので山で必要だ。ヨアンナは馬に乗りたがらない。チューリッドもだめだから、ユリーヌかビン・ゴーヂックということになる。シーラスはユリーヌをまだ小さいアーニャのもとに残らせることにした。本人は失望したようだったが、どんな複雑な事態に巻き込《こ》まれないとも限らなかったし、いつ戻《もど》ってこられるかもわからなかった。ビン・ゴーヂックは、もう何年も馬に乗っていなかったにもかかわらずすぐに引き受けてくれた。ふたりで充分《じゅうぶん》だろう。山には大人の男がひとり残るべきだった。カワウソ猟師《りょうし》のアーロンだ。

引き馬に鞍《くら》をつけるのをアーロンが手伝ってくれた。おばあちゃんとヨアンナはたっぷりの弁当を用意してくれた。馬の餌袋《えぶくろ》はおそらく必要ないだろう。川岸に生えている草はもうかなり長くなっていたから、途中《とちゅう》で二、三度休めばそれですませられる。何日も町に滞在《たいざい》しなければいけなくなったなら、餌を買い与《あた》えればいい。

馬に乗っての移動がシーラスにはのろのろしているように思えて仕方なかった。急いていたせいもあるが、ひとりでどこかへ行く時のいつもの速度とはちがうので、不慣れだったせいだろう。とはいえ、速度を増して重い引き馬を疲《つか》れさせてしまうのもまずかった。運良く舟《ふね》を見つけられるなら、その日のうちに引き馬にひと働きしてもらわなければならない。

町への道のりを半分ほどこなした時に休憩《きゅうけい》を取った。草の具合のいいところに馬をつなぎ、ふたりは風を避《さ》けられる茂《しげ》みの下に腰《こし》をおろした。おばあちゃんの弁当は空の下で食べる時が最高にうまかった。後片付けをしてから茂みの奥《おく》に横たわり昼寝《ひるね》をする。そんなにたたないうちに人の声がして、目をさまさせられた。最初のうちは遠かったが、次第にはっきり聞こえてくる。本格的な喧嘩《けんか》の声だ。ふたりがおたがいに腹を立てている。

シーラスは半分身体を起こし、何事かと見てみる。シーラスが上げた声とその顔の表情を見て、ビン・ゴーヂックもすぐに地面から立ち上がる。そしていっしょに茂みに隠《かく》れ、近づいてくる場面を観察した。

セバスチャン山の舟だった。それはまちがいない。でも変だったのは、舟がふたりの人間によって曳《ひ》かれていたことだった。ふたりとも前につんのめるようになりながら綱《つな》を引いている。前には商売人。たえず不平をたらたら、そういう荒仕事《あらしごと》はできないと言い張っている。そして後ろにウマガラス。スカートをまくり上げているので、長靴《ちょうか》も以前はエネヴォル商人のものだった狩猟《しゅりょう》用のズボンも見えている。

「まったくもう、どういうことなんだ、これは」とビン・ゴーヂックが、思わず叫《さけ》ばんばかりの声を上げたのを、しっとシーラスが制止する。

「じゃまをするな」と低い声でつぶやいた。「足を止めさせちゃまずい。舟《ふね》に引きずられて川を逆戻《ぎゃくもど》りするようになったらどうするんだ」

商売人もウマガラスも、どちらもわき見をする余裕《よゆう》などないようだった。舟を前進させることだけで精一杯《せいいっぱい》だった。ウマガラスは古いトネリコの杖《つえ》を片手に持ち、もう一方の手にはよくしなる柳《やなぎ》の細枝を持って、それぞれを交互《こうご》に使って商売人がちゃんと曳《ひ》いていないと思う時にその背中をつついたり脚《あし》を鞭打《むちう》ったりしていた。自分は手をぬいていたからではない。

「こんなことで、うまくいくわきゃないよ」とビン・ゴーヂックがそっと言った。「ひとりが転んでみろ」

「そう、そのとおりだ」とシーラスは答えて、「馬を連れてくる。そこの木のところまでなんとか持ちこたえて曳いてくれりゃいいんだが」

「うん」ビン・ゴーヂックはシーラスのいう意味がよくわかっていた。茂《しげ》みの陰《かげ》に身をひそめ、舟が木の前まで来た時に飛び出していって商売人をつかまえ、木の幹のところまで引きずり込《こ》んで押《お》さえこんだ。それで木の幹が舟を引き止めることになる。

後ろのほうでは、急に舟を曳く動きが変化したせいでウマガラスがつまずき、舟曳き道に転がってしまった。苦々《にがにが》しげにののしっているが、襲《おそ》ってきた者がだれだかすぐにはわからず、追いはぎだと思っているようだった。

商売人は恐怖《きょうふ》に青ざめていた。いきなり取り押さえられて木に巻き付けられ、これで命も尽《つ》き果てたと思ったのか、ひっきりなしに泣き言を言っていた。一方のウマガラスは、馬を連れて戻ってきたシーラスが手を貸して起き上がらせてやろうとすると、さかんに蹴《け》り散らした。曳き綱《づな》に巻かれてしまっていたのをほどいてやろうとしただけなのに。

相手がだれだかわかるといっそう興奮したようすで、こっそりうかがって、人の用事に口を出す、と言って非難した。「ほっといてくれ」

「ところがそうはいかないのさ」とシーラス。「山で暮らすつもりなら、あそこではみんなおたがいに助け合うってことを学んでもらわなくちゃ。村の住人のひとりになりたかったら、ぼくたちがおまえを助けるってことを、受け入れてくれなくちゃな」

ウマガラスはわめきながら暴れまわっている。

「おまえは一度もわしをこんな目にあわせたりしなかった」とウマガラスがいきり立って言う。

「セバスチャン山の舟が、引き馬の馬具を着けたまま溺《おぼ》れたおまえとおまえの親友といっしょに町に流れ着いたなんてことになったなら、ぼくたち全員の恥《はじ》になるってことがわからないのかよ」

ウマガラスはびっくりした目でシーラスを見つめたが、何も言わないでいる。

「それともおまえたちを放して、勝手にさせておけっていうのか?」シーラスがきいた。

「人の情けを受けておまえたちの村で暮らすなんてまっぴらだよ、まったく」とウマガラスは憎《にく》たらしげに言う。

「じゃ、それは舟《ふね》に決めてもらおう」とシーラス。「放してしまっていいんだな?」

「だめだ、だめだ」と声をつまらせて商売人が泣き言を言った。

「どうなんだ」とシーラスがウマガラスに面と向かってきいた。

「家を買ったのさ」と答えてウマガラスは、横になりながらあごをしゃくってみた。

それを聞くと、ビン・ゴーヂックが商売人を放してやろうとしていた木のところでまたしても泣き声がして、

「なんでまたそんなこと、とんでもないことをして」と商売人がうちひしがれた。

ウマガラスは大笑いをした。「この野郎《やろう》、一週間以上もわしの金を盗《ぬす》む機会をねらって跡《あと》をつけてやがった。それなのに、わしが家を買ったことも知らねえ。商売人だなんて、聞いてあきれらあ」

「だけど、舟をどうするつもりだったのさ」とシーラスは知りたがった。

「早く町へ行くためさ、もちろん」

「で、これからどうするんだ？」

「新しい家に住むに決まってるじゃないか」

シーラスは、何かがどこかでずれているような、変な感じがした。

「舟に何をのせてるんだ？」何か話さずにはいられない気持になりシーラスはきいてみた。

「なんにも」

「川を下っていった時には何をのせてたんだよ」

「なんにも」

「じゃ、どうしてわざわざ舟なんかでいったんだよ」

「わしが金持だって見てわかるようにな。決まってら」

それを耳にしてはっとしたビン・ゴーヂックがうっかり商売人を放すと、たちまち手の届かないところへ移ってしまった。

「まさか舟を売ってしまったんじゃないだろうな」とビン・ゴーヂックがどきどきしてきく。

「そんなことするもんか」とウマガラスが太鼓判《たいこばん》を押《お》して、スカートの裾《すそ》をおろした。「抵当《ていとう》に入れただけだよ」

「というと?」

「それがな、ものすごく立派ででかい家でな」とウマガラスが誇《ほこ》らしげに言った。

「何に入れた抵当《ていとう》なんだよ」シーラスが不審《ふしん》に思ってきく。

「そんなこと何も言ってなかったな」とウマガラスが答える。「だけどそいつら、港までついてきて、その家を見て、きれいによく手入れしてある、って言ってたぞ」

シーラスとビン・ゴーヂックは視線をかわした。

「ふたりともセバスチャン山まで舟《ふね》で来てもらおう」とシーラスが要求した。「ゆっくり話したほうがよさそうだ」

「じゃ、そうするか」とウマガラスがおとなしく言った。「あいつは舟を曳《ひ》くには向いてないからな」

もう舟を曳く必要はないと説明しようとしてウマガラスから振《ふ》り向くと、商売人が消えている。後ろの茂《しげ》みに音もなく吸い込《こ》まれてしまっていた。

「あいつはただの弱虫さ」とウマガラスがばかにして言った。「ボートに乗って人に曳かせるばっかりのな」

それには商売人も文句を言わなかった。もうとっくにどこかへ行ってしまっていたからだ。

「それでどんな家を買ったんだ?」シーラスは慎重《しんちょう》にきいてみた。いやな予感がしていたからだ。

「アデリーネ未亡人の家だ」とウマガラス。「チルダ・グラヴァースの家っていうより聞こえがいいだろうが。ずっと高いし」

シーラスはもの問いたげにビン・ゴーヂックを見た。ビン・ゴーヂックのほうが家の売買には詳《くわ》しい。

「あれはチルダ・グラヴァースが赤レンガの家の代わりに要求した家だよ」とビン・ゴーヂックが答えた。「だけど、おれの知るかぎりじゃ墓掘《はかほ》り人はもう亡くなってるから、奥《おく》さんにはあの家はちょっと大きすぎるんじゃないかな」

「家が大きすぎるなんてことはぜったいにない」と確信に満ちた声でウマガラスが言った。

シーラスは唇《くちびる》をかみ、

「ずいぶん金を払《はら》わなくちゃいけないようだな」と言う。

「山ひとつ持ってるんだから、へっちゃらさ」とウマガラスが答えた。「だれだかが見にくるって言ってたぜ」

「見るって、何を」

「山だよ、聞いてるのかよ。通路だとか穴蔵《あなぐら》の話をしてやったら、鉱山だったかもしれないって言いやがった」

「何を掘《ほ》ってたって言ったのさ。石炭か？　石炭みたいなもん、あそこにはないぜ」

「銀とか金とかダイヤモンドだ」とウマガラスは、たくさん見つかったような言い方をした。

「そんなもんが見つかったことが一度だってあったのかよ」とシーラスは知りたがった。見知らぬ人間がどっと押《お》し寄せ、山の中を動きまわり、床《ゆか》や壁《かべ》を掘《ほ》りまくってセバスチャンのお墓のじゃまをすると思うと、シーラスは背筋にぞっと寒気が走るのをおぼえた。

「知らんね」とウマガラスが答える。「そんなことは意味がない」

「じゃ、何が意味があるのさ」

「あるだろうって思いこますことだ。さがす許可を得るのに金を払《はら》わせるんだよ」そう言ってウマガラスが勝ち誇《ほこ》ったように笑った。

シーラスは思っただけで震《ふる》え上がり、ビン・ゴーヂックはあきれて首を振《ふ》った。

「その、さがすものは何もないってことを見つけるために払う金は、だれが受け取るんだ？」

「わしに決まっとるだろが。そうすりゃ、町中でいちばん高くてぜいたくな家に住めるようになる」

ウマガラスが答えた。

「家具を売って手に入ったお金はどうするんだよ」

「それはあいつらにわたした」

「で、山を見にくるっていうのはどんな連中なんだ？」シーラスは知りたがる。

「そんなこと知るもんか。わしは会ってない」ウマガラスは、どこまでも疑われているような気がして少々機嫌《きげん》を損《そこ》ねていた。

「わかってるだろうけど、あれはおまえの山じゃないんだからね」とシーラスは続けた。

「ずっと昔のおまえのあの袋のことか」とウマガラスが口をゆがめて言った。「だれの山だって関係ないんだよ、あいつらが金を払いさえすりゃ」

「そうは思わないけどね、ぼくは」とシーラス。

ウマガラスは不機嫌そうにシーラスを見た。

「その連中が山の中を歩きまわってあっちこっち掘りまくってだ、天井《てんじょう》は崩《くず》す壁に穴をあける、菜園も踏《ふ》みあらしてめちゃくちゃにして、結局何も見つからなかった。そうなった時、おまえはあいつらになんて言うつもりだ？」

「何にも。そのころはわしはもう町の新しい家に住んでるよ」

しばしの沈黙《ちんもく》が訪れた。

「じゃ、あいつらがおまえの焼酎《しょうちゅう》を見つけたらどうするんだ」ようやくビン・ゴーヂックがきいた。

ウマガラスははっとしてビン・ゴーヂックの方を振り向いた。怒《いか》りに燃えた目が、帽子《ぼうし》の縁《ふち》の下から炎《ほのお》を吹《ふ》き送っている。

「見つけっこねえよ」と怒《おこ》って言った。

「だれだってそのつもりになりゃ入り込《こ》める町のちゃちな家に、焼酎《しょうちゅう》なんかを移しちゃっていいのかねえ」とビン・ゴーヂックは続けた。

それにはウマガラスは何も言わなかった。そこまで考えてみなかったらしい。

そのすきを見てシーラスは、山まで舟《ふね》で帰るのか、それとも町まで歩いて帰るつもりなのか、きいてみた。

「舟だ」とふてくされた答。

焼酎の話を聞かされ、高慢《こうまん》ちきの鼻をへし折られたようだった。やたらにそわそわしている。急いで引き馬を舟につけ、セバスチャン山に戻《もど》ることになった。

「三日後に来るよ。そいつら」とすねた声でウマガラスが言った。

「どの道から連中を通路に入れるつもりだ?」とシーラスがきいた。「わかってるだろうが、山の上の村をうろうろされたくないんでね」

「それはヘアムンが手配するはずだ」とウマガラスは答える。

「だれだ、そのヘアムンっていうのは」

「商売人に決まってら。ヘアムンって名前じゃなかったっけ？」

「あいつはこのことにどんなふうに関わってるんだ？」

「夜はどこに寝《ね》るとかそういうことをあいつらに教えることになってる」

「焼酎もあいつが運ぶのか？　ボートを持ってるじゃないか、あいつ」

「そんなことさせるもんか」とウマガラスは、いじめられている犬がかみつくような仕草をした。

「じゃ、どうするんだよ」

「おまえの知ったことじゃない」

「商売人は知ってるってことなんだ、きっと。どんなうまい話で誘《さそ》ってあいつに舟を曳《ひ》かせることができたんだよ。どうせ金を懐《ふところ》に入れるのはおまえなんだろうけどさ」

ビン・ゴーヂックも、ウマガラスの思いつきが気に食わないことを隠《かく》せないでいた。川の盗賊《とうぞく》にさんざん苦労したあとだっただけに、欲に目がくらんだ黄金探しの一群を相手にするなんて、もうまっぴらだった。

9　宝探し

　ウマガラスの企《くわだ》てていることが知れると、セバスチャン山は大騒《おおさわ》ぎになった。それを食い止めるための大胆《だいたん》な提案がいくつも出され、ウマガラス本人には冷たい視線が注がれた。最初のうちこそ気にしていなかったウマガラスも、だんだんこたえてきた。姿を見せるなり、全員が背中を向けていたからだ。

　けれども、三日だけでは防備を整えるには短すぎる。あげくに村の住人は、山自体に村を守らせることで合意した。山の上では連中に手を貸さない。道案内もしないし、よそ者に食事を出したりもしない。水さえやらないことにした。水なら自分で川から汲《く》んでくればいい。

　三日がたつと、港の労働者が十人ばかりやってきた。つるはしやシャベルをかついで山道を汗《あせ》だくになって登ってきて、ここなのか、ときいた。

　たまたま戸口から出てきたチューリッドが、カワウソ猟師《りょうし》を呼んだ。家にいるのを知っていたからだ。作りはじめの罠《わな》を手に、カワウソ猟師が通りに出てくる。男たちは今にもカワウソ猟師の家に入っていこうとするところだった。

「だれなんだ、おまえたちは」とカワウソ猟師。

「掘《ほ》りにきたのさ、何が出るんだか知らねえが」とひとりが説明した。

「ここでか？」カワウソ猟師は通りの上の方、下の方を見まわした。「ここには何も掘るものなんてないぞ」

「だってここはセバスチャン山じゃないのか？」

「まあそういうことになってるが、何を掘り出すつもりなんだ」とカワウソ猟師。

「金だよ」

「金？」カワウソ猟師は自分のすり切れた仕事着に目を落として、「ここで金が見つかるなんてだれが言ったんだ？」カワウソ猟師の声は訝《いぶか》しげだ。

「カミナリオンナとかなんとかいう女だよ。おれたちが掘り出したものを取り扱《あつか》う権利金として相当な額をそいつに払《はら》うってやつがいてな」

「ほんとにここかどうか、本人のところへ行ってきいてみたほうがいいんじゃないか？」

「そいつ、ここにいるのかよ」

「いると思うが、寝《ね》てるんじゃないかね」

「まだ寝てる？　早い時間に来いって言ってたくせに」

「で、この山のこの村だってことは確かなんだな？」

「そいつを連れてきてくれ」

「あいつはな、ちょっと行って連れてこられるようなやつじゃないんだ」と答えてカワウソ猟師《りょうし》は、かあさんの家の戸口に立っていたタイスを呼んだ。

「この男たちにあいつの住んでるところを教えてやってくれないか」

「いいけど」とタイス。「でも自分で起こすんだぜ」

「そんなことたやすいことだ」

「見ててもいい？」

「何を」

「どうやって起こすかをだよ」

「なんでだ」

男たちはセバスチャンの古い穴蔵《あなぐら》の前で止まった。そこには、ウマガラスが留守にしていた間に新しく菜園が作られていた。

「あの人、時々ものすごく乱暴になって手がつけられなくなるから」とタイスは低い声で答えた。

「こっちは人数が多いから、そんなことぐらい何とかするさ」

「たぶんね」と答えてタイスは、道の反対側の胸壁《きょうへき》に寄りかかった。

戸にいちばん近いところに立っていた男が、そっと開けて中に首を入れた。

「ひぇーっ、ひどい臭《にお》いだ」素早く首を引っ込《こ》めて顔をしかめた。タイスはけらけら笑い、鼻をつまむ。

「何にも見えやしない」と戸口の男が続けて言った。

「ちゃんと戸を開けたらどうだ」ほかのひとりが助言する。

男は戸を岩の壁《かべ》まで押《お》し開いた。すると突然《とつぜん》、ウマガラスと面と向かって立っていた。ウマガラスは寝床《ねどこ》から転がり起きたばかりで、まだすっかり目覚めていない。

「てめえら、何をしてやがるんだ」鉄の声が叫《さけ》んだ。「だれなんだ」

男たちは後じさりする。ウマガラスは戸口まで出てきて、おどかすようにあたりを見まわした。

「そんなとこに突《つ》っ立って何をしてやがる」

「掘《ほ》ってくるように言われたもんだから」ひとりが用心深く答えた。

「ここじゃねえ」ウマガラスの髪《かみ》の毛が逆立った。

「だけどヘアムンの話だと」

「あの野郎《やろう》、掘《ほ》るのは山の中だって、なんで説明しなかったんだい。鉱山なんだよ、鉱山。ヘアムンのおっちょこちょいが。どこにいやがる、あいつは」いきり立ってウマガラスは見まわしたが、だれも居場所を知らなかった。

「あいつはノウタリンの知恵《ちえ》おくれ、左巻きのおたんこなすで、間ぬけでぼんくら、どうしようもない出来損《できそこ》ないだ」

滝《たき》のように言葉が流れ出てくる。ウマガラスは興奮して戸口で向き直ると、どたどたと寝床《ねどこ》に戻《もど》り、散らかっていたものをことごとく放り出した。そして帽子《ぼうし》をつかんで頭にかぶり、底板を二、三枚外して床《ゆか》においた。

男たちはあっけにとられて見つめていたが、やがてその徹底《てってい》した乱暴ぶりに魅《み》せられたかのように近づいてきた。けれどもウマガラスは、男たちのことなどおかまいなしに上半身を穴の中へ入れ、大声でヘアムンの名を呼んだ。下の通路に反響《はんきょう》が鳴りわたる。後ろにいた男たちは、恐怖《きょうふ》にとらわれて目を見張った。こんな怪物《かいぶつ》、いまだかつてお目にかかったことがない。

ウマガラスが帽子と鼻と野蛮《やばん》な目を男たちに向けた。

「どうしたんだよ、さっさとしないか」

男たちはだれもウマガラスの言ってることがわからない。そこでウマガラスはいちばん近くにいた男をつかまえて、あれこれ思わせる間もなく寝床の方へ放り投げ、「何をぐずぐずしてるんだい」と叫んだ。「下へ飛びこんであいつを見つけてこい。時間を無駄《むだ》にしやがって、そんなとこへ突っ立ってぼさっとしてる分、給料はやらないからな」

「だって真っ暗じゃないか」近くにいた男が言い返した。

「それにあいつ、今日はヘアムンって名前じゃないかもしれないし」とほかのひとりがつけ加える。

今口をきいた男にウマガラスが炎《ほのお》のような視線を送った。

「じゃ、あいつの今日の名前を知ってるのかよ」とあざけるように言う。

男はなんと答えていいのかわからずに、おとなしく穴の中に首を入れ、ホーホーと叫んでみた。ところが、身体を起こそうとした時にウマガラスに首根っことズボンのお尻《しり》のところをつかまれ、穴の中へおろされてしまった。

「どうせ下りる途中《とちゅう》だったんだ、ちゃんとおろしてやるよ」とウマガラスは叫んで男を穴の底で放した。男はわめいてろうそくを要求した。ウマガラスは壁《かべ》の穴においてあったろうそくを一束つかんで男に投げ下ろしてやる。

「おまえたちもだよ。さっさとおりるんだ」ウマガラスは命令した。「まさかおまえたち、臆病《おくびょう》でへアムンのとこまで行けないってんじゃないだろうな。あいつは、もっと広い入り口がある、川の下の方からいつも入ってるようだが、おまえらはともかく下へおりていけ。どっから始めたらいいか、あいつが教えてくれるよ」

男たちはぶつぶつ文句を言っていたが、いやいやその狭《せま》い穴からひとりまたひとりと滑《すべ》りおりていった。どなりちらす怪物《かいぶつ》女《おんな》のいる穴蔵《あなぐら》に残ろうとする者はいなかった。そして、最後のひとりの姿が消えるが早いか、ウマガラスは男たちのつるはしとシャベルを次々に穴の中へ放り投げた。それから底板をもとに戻《もど》し、その上に横になった。

外の通りではウルスがウマガラスの小柄《こがら》な馬を連れて立っていた。まだ草が少し残っていた教会のところまで、馬を連れ戻しにいっていた。馬はその日の朝早く、小屋から連れ出してあった。そんなわけでウルスは、金を掘《ほ》るんだと集まってきていた男たちのことを知らずにいた。

「金？」とウルスは、タイスから話を聞いて疑い深い声できき返した。

馬はウルスを押《お》して、開けたままになっていた戸の中へ入ろうとしている。「放してやって、戸を閉めちゃえばいいよ」とタイスが言った。同じ言葉を二度繰《く》り返す必要もなく、駄馬《だば》とウマガラスは中で鼻面《はなづら》を寄せあって、喜びのいななきを上げていた。

タイスはセバスチャン山で暮らしていた間にずいぶんよくなっていた。背も伸《の》び身体もひとまわり大きくなり、もう少しでウルスより背が高くなると自分で気がついて得意になっていた。ふたりはいっしょにおばあちゃんの家に戻り、ウマガラスが金を掘りにきた男たちを全員寝床《ねどこ》の底の穴に押し込《こ》んで底板を閉めてしまったと報告した。

「だれも案内についていかずにか？」とカワウソ猟師《りょうし》が心配そうにきいた。

「ろうそくを一握《にぎ》りわたして、商売人が下のどこかにいるはずだって言ってた」タイスが説明する。

だれも何も言わなかったが、なんとも不安な雰囲気《ふんいき》だった。

「よけいなことはしない方がいいんじゃないかね、少なくとも最初のうちは」とおばあちゃんが言う。

テーブルのまわりでそれぞれ仕事をしていたみんながうなずいた。

「出てこられなくなったらどうするの？」とウルスがそっときいた。「出てくるさ」とピム。「何人かはきっと出てくるから、その時に残りをさがせばいいよ。おばあちゃんの言うとおりで、最初っからあいつらのあとを追いまわすことはないさ」

けれどもシーラスは、ろうそくが切れてメリッサと道に迷った時のことを思わずにはいられなかった。どこでどう道をまちがえたのかわからなかったし、自分の知るかぎり、ろうそくが燃え尽《つ》きる寸《すん》前《ぜん》に見えた、あの黒くて滑《なめ》らかな速い水の流れを見た者はほかにいなかった。

そこはもう一度訪れたいと思うようなところではなかった。シーラスは不快感とともにその時のことを思い出し、ウマガラスがその流れのことを知っているかどうかさえわからずにいた。それは、外の川の水が山の下に流れ込《こ》み、地下の水脈《すいみゃく》になったものらしかった。

そこはまた、村の住人たちが死者を埋《う》めた場所でもあった。もっと正確に言えば、洞窟《どうくつ》の墓場の棚《たな》が一杯《いっぱい》になった時に、死者の骨を運んでいったところだった。そこで骨を選《え》り分け積み重ねた。長い骨は長い骨で、頭蓋骨《ずがいこつ》は頭蓋骨で、というふうに。

「そんなにうちに引きこもっちゃって、なんなの？」とユリーヌが言った。

「知らない連中が山の中の通路をうろうろしているのがいやでね」とシーラスは答える。「迷ったりしてなんかあったら、すぐにぼくらのせいにされて責任を取らされるようになるからな。あのつるはしとシャベルの連中は、気をつけて仕事をしたりしないだろうし」

「下りていってあいつらを連れ戻《もど》したほうがいいってことか？」とカワウソ猟師《りょうし》がきいた。

「それはウマガラスが決めるべきことだよ。あいつらを首尾《しゅび》よく閉じ込めてしまったのはあいつなんだから」とシーラス。「ウマガラスがどこへ行ったか、だれか見てるのかな」

「また寝床《ねどこ》へ入ったよ」とタイスとウルスが声をそろえて言った。「そうすりゃだれも上がってこられないからね」

シーラスはウマガラスの穴蔵《あなぐら》へ行って戸を叩《たた》いた。中ではだれも身動きする気配がない。

「いるのか？」シーラスは戸に口を近づけてきいてみた。

答なし。

そこで戸を開けると、ウマガラスが目を閉じ額に帽子《ぼうし》をのせて横になっていた。

「そこにいるのか？」

「いないよ」

「あいつらがおまえの焼酎《しょうちゅう》の蓄《たくわ》えを見つけたらどうなると思う？」ときく。

するとウマガラスはいきなり寝床の横に起き上がった。どうやったものか理解に苦しむが、ウマガラスにはまるで野獣《やじゅう》のように起き上がる芸当ができた。身体全体をすっと動かして立つのだ。

「何だって？」とほえるような声を上げ、悪意に満ちた目でシーラスをにらみつけた。「あいつらが見つけたのか？　だれが教えた」

「ああいうやつらのことだから、すぐにかぎつけるさ」とシーラスは言う。「だけど親分はおまえじゃないのか？　あいつらの監督《かんとく》はおまえがするんじゃないのか？　何を掘《ほ》ろうとしてるのさ」

「知らねえよ。だけど何か見つけたらわしのもんだ」

「あいつらになんて言ったんだ？」

「なんにも。掘れって言っただけさ。金が見つかるなんて言ったのはヘアムンだ」

「掘《ほ》らせてもらう権利金をおまえに支払《しはら》うのはだれなんだよ」

「ヘアムンがさがしてきたやつだ」

「で、そのお金はどうしたんだ？」

「山ん中を掘るのに金を払うやつがいるなんて、うまい話だ」

「いいか、もう一度きくぞ。あいつらがおまえの焼酎《しょうちゅう》のありかを見つけたらどうするつもりなんだ？」穴蔵《あなぐら》の中は長いこと静まり返っていた。

ウマガラスは寝床《ねどこ》の底板を一枚外してから隙間《すきま》に片腕《かたうで》を入れてほかの底板の下に差し込《こ》み、それをみな一挙に床《ゆか》に放り出した。

「だれと取引してるのか、ちゃんと知っておく必要があるんだからさ」とシーラスは懇願《こんがん》するような声で言った。

「どうしてだよ」

「ひょっとして金をもう受け取ってるのか？」

「もらってるもんか」

ウマガラスは激怒《げきど》してシーラスを一瞬《いっしゅん》にらみつけた。

「それ見ろ。だからこそだれだかはっきりさせるんだよ」

するとウマガラスはスカートをまくり上げ、長靴《ちょうか》をはいたエネヴォルの古いズボンの脚《あし》を右、左と寝床の枠《わく》の中に振《ふ》りおろし、穴の中に積み上げてあった岩のいちばん上におり立った。古いはしごが腐《くさ》り果てたあと、その岩が階段がわりになっていた。そうしてウマガラスは姿を消した。

シーラスは腹這《はらば》いになって枠から穴の中に身を乗り出し、ウマガラスの足音に耳を澄《す》ませた。が、足音はなかった。何も聞こえなかったのだ。通路の床に下りた時に転んで死んでしまったか、足音を忍《しの》ばせているのかのどっちかだ。その変な癖《くせ》は、あの小柄《こがら》な馬を見て役に立つことを知ったものらしい。効力はすでに馬が見せてくれていた。それにしても、漆黒《しっこく》の闇《やみ》の中を音もなく歩きまわるとは、シーラスは思っただけで背筋が寒くなった。

シーラスは寝床を開けたままにしておいた。だれか戻《もど》ってきた時に目安になるかもしれないからだ。そして小柄な馬を小さな馬屋から引いて出し、おばあちゃんの家まで連れていった。ピムがまだいた。

「羊を連れていく時、こいつもいっしょに連れてってくれないかな」とシーラスはピムにきいた。ピムは難しい顔をして、

「そいつ、勝手に行ってしまうから」

「ウマガラスは水も餌《えさ》もやるのを忘れてるみたいだし」と言葉を続けてシーラスは、「タイス、おまえも午後についていって、こいつの端綱《はづな》をとっててくれないか」

ピムとタイスは視線をかわし、納得してうなずいた。「ゴフも行く」とタイスがつけ加える。

「ゴフもな」とシーラスは笑う。

羊を連れたピムを先頭にしてタイスが馬と犬を連れてあとに続く。そうしてみんなを出発させるとシーラスは早速ウマガラスの穴蔵《あなぐら》に戻《もど》り、寝床《ねどこ》の穴の下に耳を澄《す》ませた。なにひとつ聞こえない。そこから下りていくのでは時間がかかりすぎる。何か起こっているのだとしたら、迅速《じんそく》に対処しなければならない。山道はたった今、羊たちを送って自分でふさいでしまった。シーラスは別の可能性をさぐらなければならなかった。

シーラスは決心をして山道を登っていき、以前セバスチャンといっしょに木の幹《みき》を立てかけたところまで行った。もうずいぶん昔のことだったが、もしかしたらまだそれを伝って山腹を下りることができるかもしれない。そうすれば、カワウソ猟師《りょうし》が罠《わな》の道具をおいている場所の近くに下りられる。山への入り口のすぐそばだ。シーラスはやってみることにして、胸壁《きょうへき》によじ上って外側を滑《すべ》りおりた。灌木《かんぼく》が茂《しげ》っていたほかにも大小の木々がのびていた。木がシーラスの体重を支えられるなら、それに越《こ》したことはなかった。

用心深くシーラスは下り始めた。一歩また一歩と、つかまれそうなものにしっかりつかまって下りていく。木の幹を立てた当時は、比較的《ひかくてき》容易に登ったり下りたりすることができた。まだ少年にすぎず、大人になっている今よりずっと体重が軽かった。身体もよく訓練されていた。

自分がどんな危険をおかしているのか、よくわかっていた。と同時に、そうしなければいけないのだと感じていた。山の中のようすがおかしい、しかも時間がない、といういやな気持だった。もしも港の労働者がほんとうにウマガラスの焼酎《しょうちゅう》を見つけたなら、連中は調子に乗ってはめを外し、飲みたい放題飲みまくるにちがいない。それだけでもウマガラスが凶暴《きょうぼう》な反応を示すに充分《じゅうぶん》だった。ウマガラスは人が焼酎に勝手に手を出すことなど決して許さない、それはシーラスがいちばんよく知っていた。

最後の部分は飛び降り、山のふもとの草の上にやっと下りたって、ほっとため息をついた。見上げると、切り立った崖《がけ》が高々とそびえていた。無事に下りてこられたのがうれしくて、シーラスは岩壁《がんぺき》を手のひらで叩《たた》いてやった。そしてそこを離《はな》れ、カワウソ猟師が道具をおいている漏斗型《じょうごがた》の入り口まで、短い道を急いだ。

けれども、そこはだれも何もさわっていないように見えた。連中はやっぱり、ウマガラスの穴蔵の下の出口に通じる道を見つけたということなんだろうか。シーラスはカワウソ猟師の物置をゆっくりと進み、ちゃんとした通路まで出た。ろうそくは一本しか持っていなかったので、それはしばらく節約して暗い中を歩いて通路を上がっていこうかどうしようかと考えていた。と、その時、通路の反対側から物音がしたように思った。身動きせずに耳を澄《す》ます。遠くで人がつぶやいている声だ。

墓場に通じる古い道が折れているのはここにちがいない、とシーラスは思った。骨置き場の下をぬけ山の外へ通じている道だ。メリッサといっしょに迷って以来通っていないその道を早く歩けるようにろうそくに火をつけると、あの黒い滑《なめ》らかな水の流れが目に入り、シーラスは身震《みぶる》いをした。水は音もなく身をくねらせて、また山の中へ消えていく。

たえず移動する水に沿い、狭《せま》くてつるつるで滑《すべ》りやすい岩棚《いわだな》を渡《わた》らなければいけない危険な場所を過ぎてから、節約するためにろうそくを吹《ふ》き消した。

それから間もなくしてシーラスは、地面にあった細長いかたまりにつまずいた。死体ではないかという思いが脚《あし》から伝わってきて、不快感で身体が硬直《こうちょく》してしまう。あいつら、やっぱりおたがいを殺し始めてるのか。シーラスは少々脇《わき》へ寄り、火打石を見つけて火を打った。そして、ろうそくに火が移ると、ウマガラスの黒く怒《いか》りに満ちた目に釘付《くぎづ》けになった。ウマガラスは両手を綱《つな》で後ろ手に、両脚《りょうあし》も束ねて縛《しば》られていた。口のまわりには、スカートの一部を切り取ったらしい長い布切れがきつく巻かれ、何も言えないようにされていた。けれどもその炎《ほのお》を放つ目が、どんな思いをしているかを何にも増して雄弁《ゆうべん》に語っていた。とっさにシーラスは、ここは慎重《しんちょう》に取り扱《あつか》わなければいけないと悟《さと》った。

「町長の事務室で、ぼくにすべてをまかせておまえは何も言わないって約束した日のこと、おぼえてるか？」とシーラスは、綱をほどくような仕草はせずに顔をすぐ近くまで寄せてきいた。

ウマガラスの目が燃えた。答えようにも言葉を発することができなかったからだ。

「あいつらに見つけられたら、おまえもぼくも殺されてしまう状況《じょうきょう》に今いるんだ。川まで引きずられていって、ぼくたちがどこへいったか、だれにもわからなくなる」シーラスは低くよくとおる声で話している。ウマガラスの目から炎が沈《しず》み、いつもの強く黒い目の底が見える。

「綱をほどいてやるけど、おとなしくしてぜったいに口をきかないって約束してくれ。ぼくたちふたりの命がかかってるんだ。おまえが縛られてたら、ぼくひとりではやつらに太刀打《たちう》ちできない。そうしたらおまえなんか、いとも簡単に川に転げ落とせるし、ぼくもあとで同じ目にあう。ぜったいにおとなしくしてるって約束してくれたら、おまえを助けてやる」

シーラスは、ぐるぐる巻きにされた長いかたまりを注意深く見る。ウマガラスがようやくの思いでうなずいた。そこでウマガラスの顔から布切れを外し、かわりに口に手をおいて、

「忘れるなよ」と警告した。

そしてろうそくを消し、すごい分量の綱で巻かれていたウマガラスをほどきにかかった。ウマガラスが半身を起こせるようになってから、「立ち上がれそうか？」とささやき声できいた。

「もうちょっとしてから」とウマガラスはつぶやいて、膝《ひざ》とふくら脛《はぎ》をさすっている。すると、「おぼえてやがれ、あいつら」と声を発して半分起き上がりそうになった。

「しーっ」とシーラス。「こっちの、あいつらに聞こえないところへ来て、何があったのか話してくれ」

ウマガラスは口を閉じ、よろよろしながらシーラスといっしょに通路の奥《おく》のほうへ行った。

「何があったんだよ」と、もうそのあたりでいいだろうと思われるところでシーラスがささやくような声できいた。

「あいつら何かを見つけたらしい」という答えをウマガラスはささやき声で言おうとしてみたが、うまくいかなかった。

「何かって、何を」シーラスは、ウマガラスが金だと言うとは思っていなかった。この山に金などあるはずがないと信じていたからだ。

「わからん」とウマガラスは答える。「でも、大声上げてよろこんで、有頂天《うちようてん》になって歌い出すような何かだ」

「おまえの焼酎《しようちゆう》か?」と試しにきいてみた。

ウマガラスが首を振《ふ》ったように感じられた。「わしにはわからん。何を見つけたのかを見にあいつらのところへ行ったら、何だかわからないうちに襲《おそ》いかかってきやがって、それからわしを暗闇《くらやみ》の中をここまで引きずってきて、黙《だま》ってじっとしてな、って。あんなふうに縛《しば》りやがって、じっとしてろもないもんだ」

「あいつらのいるところには明かりがあるのか？」シーラスがきく。

「この地下の川の周辺で見つけた小枝で小さな焚《た》き火を焚いてるよ。でも、そんなに明るくない」

「でもなにをそんなによろこんでるんだ？」

「何だかよく見えなかった。でも、次から次へいろいろ見つかるような口ぶりだったな。酔《よ》っぱらったような口のきき方だったが、やっぱりなにか金持になれそうだって期待してよろこんでるみたいで」

「宝とかそんなもんか？」と提案してみてシーラスは、港で見つけた金貨の入った袋が起こした騒動《そうどう》を思い出した。

「時々やつらの話していることのきれぎれが耳に入ってきた。だれがどれを取るか争ったりしてたな。分け合うことができるが、やっぱり貨幣《かへい》のようには同じものじゃないみたいで」

シーラスは、ふたりが声をひそめるために取っていたしゃがむ姿勢から身体を起こした。そして、「ここにしばらくすわっててくれ。何が起こってるのか、さぐってくるから」とつぶやいた。

ウマガラスは同意した。そこでいきなり飛び出していって自分で主役をつとめなかったこと自体、ウマガラスの調子の悪いことを証明していた。さっきのぐるぐる巻きがよっぽどこたえていたのだろう。

シーラスはウマガラスに顔を近づけて、

「焼酎《しょうちゅう》が今どこにあるか教えてくれたら、ひと壺《つぼ》取ってきてやってもいいぞ」と、ささやくようにつぶやいた。

ウマガラスはハッとしたが、怒《いか》りを爆発《ばくはつ》させる前にそれは名案だと気づき、

「ちょいと飲みたいねえ」と白状した。「身体中の力がぬけちまったみたいでさ、バランスもうまくとれない。いつからものを食ってないかもおぼえてないくらいだし」

人間らしいことを言う、と思ってシーラスは片耳をウマガラスの方に向け、最新の隠《かく》し場所を説明してもらった。「こっからそんなに遠くないよ」とウマガラスは言う。

シーラスは間もなく焼酎の壺を持って戻《もど》ってきた。そして、気分がよくなってもずっと口をきかないで静かにしているように言った。

「わかってる、わかってるよ」と待ちきれないように答え、ウマガラスは荒々《あらあら》しい仕草で栓《せん》をぬき取った。漆《うるし》の封印《ふういん》が四方に飛び散り、音を立てて最初のひと飲みを喉《のど》に通した。

10 頭蓋骨《ずがいこつ》

シーラスは地下の川沿いを忍《しの》び足で進んでいった。つまずいたり、岩の破片を水の中に蹴《け》り落としたりしないように気をつけた。男たちが何かに夢中になっているのは疑いがなかった。ウマガラスが話していたとおりの声がして、何かを分け合っているようだった。できるだけ近くまで忍んでいったが、何だかよくわからない。何も見えなかったからだ。火は、一度に小枝一本にしか点《とも》していないようだった。

時々喧嘩《けんか》がおこり、たがいに叫《さけ》びあっている。それぞれが手にしたもの、もしくは分け合ったものを、どうやら交換《こうかん》しようとしているらしい。たえず不満を唱える者が出ている。

「おまえなんぞ、水に放りこまれちまえばいいんだ」といきなりだれかが叫んだ。「盗《ぬす》んだりなんかさせないからな」

「だってよ、おまえだってなんて書いてあるか読めねえじゃねえか」との答え。「おれたちゃだれにも読めねえんだから、なにもおまえじゃなくて、おれがもらってもいいわけじゃねえか」

読める？

シーラスの頭の中で、まるで火花が散ったようだった。一瞬《いっしゅん》のうちに、男たちが何をしているのかがわかった。

頭蓋骨《ずがいこつ》を見つけたのだ。いちばん奥《おく》の壁《かべ》のそばにおいてあった長い竿《さお》を使えば、骨置き場に通じる穴を開けられることに気がついたのだ。外は日の光にあふれ、岩の間を縫《ぬ》って差し込《こ》んでくる光が色を塗《ぬ》った頭蓋骨を照らし出したにちがいない。

男たちの喧嘩《けんか》の種はそれだった。だれもがいちばんきれいなのを手に入れようとしているのだ。色がたくさんついていて字の数が多いものを。上にはまだいくつか残っているようで、下に立っている者たちに、新しい頭蓋骨がおろされているらしい。けれども、次第によろこびの声を上げる者の数が減っていた。色のついたのがもうないようだった。

「こんなんじゃ、金にならねえよ」と下の者が言う。「こんなもんおろすなよ。色のついたものだけにしてくれ」

「もうないよ」骨置き場の上にいる者たちの声が遠く聞こえてくる。

「じゃ、おりてこい。明かりがもうないから」

ごそごそ、がたがたする音があたりでした。おたがいのじゃまをして、口喧嘩がたえない。

「それでこれをどうやって持ち帰るんだ？」と高い声がきいた。

「シャツを脱《ぬ》いで袖《そで》を結ぶんだ」と別の声が言う。

「これに全部はのせられないよ」と最初の声がまた言った。

「おまえはいつものとおり欲張りだからよ」ともうひとりが答える。

「帰ったらてめえの面《つら》に一発見まわせてやるからな」とふたたび最初の声が言った。

「おれたち二度と帰れないよ。あのばばあのところまでの道を、どうやって見つけるんだよ。暗闇《くらやみ》の中をさ」

シーラスは急いでウマガラスのところへ戻《もど》り、何が起こっているのかを説明した。けれどもウマガラスはすでに壺《つぼ》の半分以上を飲み干していて、シーラスの言うことがよくわからない。

そこでシーラスはもっと奥までウマガラスを引きずっていき、商売人が泊《と》まる穴蔵《あなぐら》に通じる非常に狭《せま》い割れ目の中へ押《お》し込んだ。そして、迎《むか》えにくるまでそこにいるように言い聞かせた。今にも男たちの一団が押し寄せてくる。連中は混乱状態に陥《おちい》っていると。

「そうか、そうかい、そうですかい」と酔《よ》っぱらった声でつぶやき、ウマガラスは割れ目のさらに奥まで押し込まれるままになる。そこならまず見つけられないだろう。

「帽子《ぼうし》を貸してくれないか」とシーラスがきいた。

「貸すもんけえ。どうするつもりなんでえ」とウマガラスは舌がまわらない。

「メガフォンにしてあいつらに叫《さけ》んでやるんだ」

「わしの帽子じゃだめだって」

「だいじょうぶだったら」と念を押《お》してシーラスは帽子をとり、一、二歩引き下がった。

するとウマガラスがほえるような泣くような声を上げ、狭《せま》い割れ目で姿勢を変えようとした。

「泣くのはやめろ」とシーラスが叱《しか》る。「いいか、あいつらはおまえの頭をもぎ取って持ってくかもしれないんだぞ。暗くて頭だか頭蓋骨《ずがいこつ》だか区別がつかないからな。それに、おまえを見つけたら、その壺《つぼ》も取ってしまう」

それを聞いてウマガラスがおとなしくなった。

シーラスは手探りでいったん通路に戻《もど》り、もう一度地下の川の方に行った。すべてが混乱状態にあった。男たちは、闇《やみ》に閉じ込《こ》められてしまったのはだれのせいかと口喧嘩《くちげんか》している。

シーラスは、通路が別れ、ひとつはカワウソ猟師《りょうし》の出口へ、もうひとつは狭いトンネルになって骨置き場に通じている分岐点《ぶんきてん》に、天井《てんじょう》までには届いていない高さで岩が突出《とっしゅつ》しているのを知っていた。手探りでそこまで行き、よじ登って上にのった。そこですわって待っている。

そして、男たち全員がその地獄《じごく》の穴蔵《あなぐら》でぶつかるものすべてをののしり、持ちにくい荷物をしょって歩くことに文句を言い言いつまずきながら近づいてくると、シーラスはウマガラスのいやな臭《にお》いがする帽子を丸めてメガフォンにして広い方の端《はし》を頭上の天井に向けた。それから息を深く吸い込んで、狭い方の端に口につけ、

「うーーー」とうめき声を出した。「うーーーー。わしの死をじゃまをするのは、だれだーー」

その声は、シーラスの頭上の天井で複雑に反響《はんきょう》したため、どこから届いてくるのかわからない。シーラスは自分でも知らないうちに、セバスチャンと初めて会った時に聞いた言葉を使っていた。年老いたセバスチャンが、村の穴蔵で横になり、死のうとしていた時のことだ。

シーラスの声は世にも恐《おそ》ろしい響《ひび》きとなり、男たちの足がぴたりと止まった。

「村の者の墓の平和をなぜ破る」とシーラスは続け、声をつとめて虚《うつ》ろにした。

「だれだ、おまえは」とひとりがささやき声できいた。男たちはかたまっていて、そこから動こうとしない。

「山の死者の主だ」とシーラスはいかにも怖《こわ》そうに言った。「わしの頭蓋骨を袋《ふくろ》に入れている者がいる。ほかの者たちはわしの先祖と家族を連れ去ろうとしている。いいかよく聞け、おまえたち全員をこうしていつまでも呪《のろ》いつづけるからな」

泣き言をいう声があちこちで起こった。賛美歌の一節や聖書の祈《いの》りをささやく者もいる。

「すべてをおいていけ」と虚《うつ》ろな声が言う。

すぐさま全員が、頭蓋骨《ずがいこつ》を入れた袋《ふくろ》を音をさせて床《ゆか》におろした。

「こっから出してくれ」とみんなが助けを求めた。「道を教えてくれ、ここへはもう二度と来ないから」

「岩の壁《かべ》にふれるまで右手を伸《の》ばせ。壁から手を放さずにずっと行け。いいか、川の王者の罠《わな》と網《あみ》にさわるんではないぞ」

シーラスはそこで黙《だま》り、ウマガラスの帽《ぼう》子《し》を口から外した。帽子につけた口を拭《ぬぐ》いたくて仕方なかったが、身動きするわけにはいかない。男たちが何も言わずにシーラスの指示に従い、出口に向かって姿を消すまでは。男たちがそのあとどうするかは、勝手にさせておくしかない。

注意しながら高いところから這《は》いおりて、手探りで進み、ウマガラスを押《お》し込《こ》めておいた割れ目にちがいない場所へ行った。「そこにいるのか?」と狭《せま》いところに向かってきく。

何も聞こえないので、今度は少し大きな声で繰《く》り返した。それでもだれも答えない。そこでシーラスは、半分腰《こし》をおろしたようなかっこうで割れ目に入って進み、商売人の穴蔵《あなぐら》と思われるところに出たが、そこもからっぽのようだった。

確かめるためにシーラスは、踏《ふ》みしだかれた葦《あし》をひとつかみ集め、あたりに何もない地面において火打石で火を打った。

ウマガラスはやっぱりそこにいた。壁にへばりつくようにして、大きく目を見開いている。けれども、いつもの物怖《ものお》じしない態度はひとかけらも残っていなかった。

「なんだったんだよ」としわがれた声でささやいた。

「何が」とききかえしたシーラスは、ウマガラスがほんとに腰をぬかしていることに気がついた。まず港の労働者にひどすぎる仕打ちを受けたところへ、今度はシーラスのこの世のものとも思われない恐《おそ》ろしい声だ。

「こわかったのか?」とシーラスがきく。

「だれだよ、あんなこと言ってたのは」

「おまえの帽子さ」とシーラスは答え、ウマガラスを落ち着かせようとして中折帽《なかおれぼう》を差し出した。

ウマガラスはそれを見つめている。シーラスが取ったことを忘れてしまっているらしい。

「わしの帽子?」

そこでいきなり腕《うで》を上げ、髪《かみ》がくしゃくしゃの頭に手をやった。いつもの帽子がのってない顔は、変に小さく鳥のようだった。ウマガラスは、裸《はだか》の姿を見られたかのようなびっくりした声を張り上げてシーラスの手から帽子《ぼうし》をひったくり、すっぽりと頭にかぶった。

「それをメガフォンにするって、ちゃんと言ったじゃないか」とシーラスはまじめに説明する。

「わしの帽子《ぼうし》が死人と関係あったなんて、わからなかったよ」とウマガラスは、今度はいつもの調子にもどって言った。

シーラスは、ウマガラスはほんとうにどこか悪いんだろうかと思い、じっくり見てみた。が、たりなかったのは食べ物と、頭にのっていなかった帽子だけだったらしい。

「何を見てやがるんだよ」と攻撃的《こうげきてき》な声でウマガラス。

「おまえさ。壺《つぼ》はどうしたんだ？」

ウマガラスは葦《あし》の束のあたりを見まわして、

「わからん。どうでもいいさ、どうせからっぽなんだから」

「おまえ、全部飲んじゃったのか？」びっくりしてシーラスがきいた。酔《よ》ってはいたが、前に何度もあったような泥酔《でいすい》はしていなかったからだ。

「死者の主ってやつにこぼして飲ませてやったよ」とウマガラスは説明した。

「あれはぼくだって、聞いててわからなかったのかよ」と言ってシーラスは、笑い出さないようにこらえている。

「ぜったいにおまえなんかじゃなかった」とウマガラスは言いきる。「わしはああいうのを前に聞いたことがある。わしに向かってわざわざ、あれはおまえの声だったなんて説明する必要ない」

「それじゃだれだったんだよ」とシーラスはきき出そうとする。

「自分の耳で聞いただろが。山の死者の主さまだ」

シーラスはしばらく待ってから、

「骨置き場に入ったことがあるか？」ときいてみた。

「一度もないね」とウマガラスは重みのある声で答える。「そばには寄らないことだ」

「でもあそこのことは知ってるんだな？」

「いい家の人間だけだよ、あそこに入るのは。先祖に色を塗《ぬ》ってやる余裕《よゆう》のある家だけだ」

「じゃ、ほかのはだれなんだ？」

「ほかって、だれのことだ」

「色を塗ってないほかの頭蓋骨《ずがいこつ》だよ。砂糖大根か八百屋のメロンみたいにただごろう積み上げられてるやつ」

ウマガラスは怒《おこ》ったような当惑《とうわく》したような顔でシーラスをにらみつけ、

「おまえ、骨置き場のことで何を知ってるんだ」とかみついた。

「一度入ったことがあるんだ。メリッサといっしょに。いつだったかここで道に迷ったことがあってね。あの黒い水の流れのところに出て、そこから行き止まりのところに行き着いた。でも天井《てんじょう》に敷石《しきいし》があって、長い竿《さお》でそれを動かせたんだ」

ウマガラスは、信じていいのやらわからないといった顔をしてまだシーラスをみつめたままだ。

「その『いい家』のは、ぼくがあの港の労働者を止めなかったら、近くの町で闇《やみ》で売られるところだった。今は通路のどこかで袋《ふくろ》に入ってるけど」

それを聞くと、ウマガラスの顔が不快感で歪《ゆが》んでしまった。けれどもすぐにおさまって口をきき、

「で、その港の労働者だが、山の中でいったい何をするつもりだったんだ？」ときく。

「それはほかでもないおまえにききたいって言ってたやつが何人かいたぞ」とシーラスは答える。

「企《くわだ》てたのはおまえじゃないか」

「とんでもない。掘《ほ》る権利をやれば金が入るって言ったのはヘアムンだ」

「それでおまえたちはやったわけだ」

「あいつがやった」

「で、おまえは金を受け取ったのか？」

「金なら自分のがある」とウマガラスがシーラスをさえぎった。「家を買う金がな」シーラスは、ウ

マガラスのその答え方を聞いて、一歩距離《きょり》をおかれているのを感じた。そして、ウマガラスがほんとうに金を持っていることを願った。何かしくじりをして、それを隠《かく》すためにそう言っているだけではないように。

「もう家に帰る」とウマガラスが言った。

「上の穴蔵《あなぐら》へか？」

「あいつらが来て眠《ねむ》りのじゃまをされたからな」と正直に言った。山を掘りにきた連中のことだ。

「いっしょに行こう」とシーラスが提案したが、

「その必要なし」とあしらわれてしまう。

「山の外の道を登っていけばいい」とシーラス。

「必要なし」

「でもろうそくがないじゃないか」シーラスは食い下がる。

「闇の中を歩く方がいいんだ」と、少しもためらわずにウマガラスが言った。シーラスは、ウマガラスは何があっても見張られるのがいやなんだろうと思った。

するとウマガラスが立ち上がり、割れ目に身体をはさんで通路に出た。そのあとからシーラスが出てみると、ウマガラスの姿はもう見えなかった。

シーラスはしばらく立ったまま耳を澄《す》ませていたが、何も聞こえてこない。そこで、さっきすわっていた突《つ》き出た岩のところまで引き返し、手探りでさがしまわって頭蓋骨《ずがいこつ》の入った袋《ふくろ》の数を数えた。十一あった。十一人の男が丸一日を山の中でむだに過ごしたわけだった。シーラスは上の村へ行き、カワウソ猟師《りょうし》に助けてもらって骨置き場に頭蓋骨をもどすことにした。

村に帰ったシーラスは、やはり好奇心《こうきしん》にかられ、ウマガラスの穴蔵《あなぐら》へ行って戸を少し開けてみた。中から勢いのいいいびきが聞こえてきた。

それからカワウソ猟師の家へ行き、事情を話した。時間はもう遅《おそ》くなっていたが、ことはすぐに始末した方がよかろうということで意見が一致《いっち》した。港の労働者のうちの何人かが戻《もど》ってきて、袋のいくつかを確保するというのは充分《じゅうぶん》に考えられることだった。連中はカワウソ猟師の入り口を知っていたし、松明《たいまつ》を手に持っていれば、そんなにこわがることもないはずだった。

カワウソ猟師は予備のろうそくのほかにもランプをふたつ用意した。シーラスは、かつて骨置き場に入った時よじ登るのに使った竿《さお》よりひとまわり細くて軽い竿を見つけた。

「それをどうするんだ?」とカワウソ猟師がきいた。

「頭蓋骨の入った袋を上の階に上げるんだ」と答えたシーラスには、カワウソ猟師が山の中のことを少しも知らないのがわかっていた。けれどもふたりとも、頭蓋骨を見つけ、自分たちのシャツでこしらえた袋にそれを入れた十一人の男たちが、そう簡単に獲物《えもの》をあきらめたりしないのを承知していた。シーラスとカワウソ猟師は山道をおり、猟の道具がおいてあるところへ入っていった。男たちが出ていった入り口だ。そして、頭蓋骨がおいてあるべき場所へ進んでいった。けれども袋は、もう半分ほど消えてしまっていた。

「ずるがしこいやつめ」とシーラスが叫《さけ》んだ。

「商売人か?」とカワウソ猟師がわざわざきいた。そうにちがいないとわかっていながら。

「あいつはここを少し行ったところの川側にボートをつないである」とシーラス。「問題は、あいつが内回りで行ったか外回りで行ったかだ」

カワウソ猟師は穴の入り口の足跡《あしあと》を調べてみて、男は外回りで行ったようだと言った。その方が早いという意見だった。そこでふたりは前後になって水際を歩いていったが、ふとシーラスが背後に手をのばし、

「何か聞こえる」とささやいた。

ふたりは岩壁《がんぺき》のへこんだところに隠《かく》れてようすを見た。

ほんの少したっただけで、水音を立てながらだれかが水際を歩いてくる音が聞こえた。それがすぐ

前まで来た時にふたりは男を取り押《お》さえた。商売人が度肝《どぎも》をぬかれて叫《さけ》び声を上げた。

「ちょっと手際がよすぎるんじゃないのか？」とシーラスが言った。

「何のことだ」と商売人は知らん顔をしている。

「お前のもんじゃまったくないものを持ち去ろうとしてるんじゃないのか？　ちがうか？」とシーラスは続ける。

「そのとおりで、まったくちがうね。おれが取りにきたものは、法律的にも完全におれのものだ。ちゃんと買って金も払《はら》ってある」

「なるほど。証明できるのか？」

「もちろんだ。ちゃんと署名《しょめい》してある」

「だれのだ」

「この袋《ふくろ》をおれに売ったやつのに決まってるだろが」商売人は乞《こ》われもしないのにシャツの袖《そで》をたくし上げ、両腕《りょううで》を見せた。

「こんな暗闇《くらやみ》じゃ何も見えないよ」とシーラスは抗議《こうぎ》する。けれども商売人はなおも両腕を突《つ》き出したままでいる。よっぽど良心にくもりがないせいだろう。

「罠《わな》の道具のところまで戻《もど》ってもらおう」とカワウソ猟師《りょうし》が要求した。「こんな、川の途中《とちゅう》に立ってたってしょうがない」

商売人は反対しなかった。

空気が乾燥《かんそう》し場所もたっぷりあった穴の入り口でシーラスがランプにふたつとも明かりを入れると、商売人はよろこんで光の中に両腕を差し出した。男の腕は細くて蒼白《あおじろ》く、毛がまったく生えていなかった。

「カミソリで剃《そ》ってるのか？」びっくりしたカワウソ猟師がきいた。

「いや、別に」と話題を避《さ》けるように商売人は答えた。どうにでも取れる言い方だった。

両方の腕のあちこちに、アルファベットやらいろんな印が書き散らしてあった。袋の数よりたくさんあった。シーラスにもカワウソ猟師にも、見たことのないものばかりだった。

「何を使って書いてあるんだ？」シーラスはきいてみた。

「インクさ」と商売人がうれしそうに答えた。

「どうやって落とすんだよ」カワウソ猟師がきく。

「自然に落ちるさ、少しずつな。どうってことはない」

シーラスは、その声にどこか勝ち誇《ほこ》ったところがあるように感じた。

「それでわかるのか？」とシーラスがきく。「つまり、だれがどの印をつけたかわかってるのか？」

商売人は肩《かた》をすぼめた。

「おまえ、袋《ふくろ》に何が入ってるか、わかってるんだろうな」とカワウソ猟師《りょうし》がたずねる。

「もちろん」とはっきり商売人が答えた。「いい商売をしたと思うね」

「この取引はなかったものにしたほうがいいっていう人間がたくさんいると思うけどね」とシーラスが言った。

商売人はびっくりしたような顔になり、「そんなことできないさ」と言った。

「どうしてだ」

「どうしても」

「もしもおまえのひいじいさんの頭蓋骨《ずがいこつ》が袋に入ってるとしたら、おまえ、それを売るつもりか？ひいじいさんがなんて言うと思う」

「おれのひいじいさんはこの山の中に埋《う》まってるさ。袋の中の頭蓋骨はもっとずっと古いものだ」

「洞窟《どうくつ》の墓場の場所がたりなくなった時、おまえのひいじいさんの骨はどこに移されたんだと思ってるんだ？」シーラスは商売人から視線を離《はな》さない。

「そんなことは知らないよ。知るはずがないだろ。この村で生まれたのはおれの両親で、おれじゃないんだから」

「だけど、おまえの頭にそういう思いがよぎったかもしれないじゃないか」

「おれが買って金を払《はら》ったものは、おれが売り払って当然だと思ってるよ」と商売人は答えた。「だれから買ったものにしろな」

「ひいじいさんの死体もか？」

「死体？」商売人の顔に不快感の影《かげ》が走った。「これは死体とは関係ない。ただの古い頭蓋骨なんだから」

「おまえのひいじいさんが骨置き場に移されて積み上げられた時、額に何か書かれなかったのか？」

シーラスはきいてみる。

「そんなこと知らないね。おれはいなかったから」商売人がもじもじし始めた。自信がなくなってきているようだった。

「もしかして頭蓋骨のひとつにひいじいさんの名前が書いてあることがわかったら、それを町の上流のだれかに売っても平気なのか？　そいつはひいじいさんを書き物机の上に飾《かざ》るんだぞ？」シーラスはさらに続けた。

「そんなことするやついるもんか」と商売人。

「じゃなかったら何に使うのさ」

商売人は立ったまま身体を前後に揺《ゆ》すっていた。考えてもみなかったことがたくさんあったようだ。

「死体を取引したってことで訴《うった》えられたらどうするつもりだ？　おまえが牢屋《ろうや》につながれたことがあるのかどうかは知らないけどさ」

「だってこれは死体の取引なんかとは関係ないだろ？　古い頭蓋骨《ずがいこつ》は死体じゃないじゃないか」

「死体の一部さ。死体を取引することはできない。――この取引はやっぱりなかったことにするのが賢明《けんめい》だとは思わないか？　頭蓋骨はみんな、残りの骨のあるここにおいとくことにしてさ」

商売人はためらった。そして、

「ここにおいておく、っていうと？」ときいた。「半分はもうボートの中だし、残りの半分は通路の中だけど。――でも、おれが払《はら》った金はどうなるんだよ」

「損をした取引はこれが初めてじゃないだろうが。それに、おまえのひいじいさんの魂《たましい》は、頭蓋骨をさんざんさわられてそこいらの市場で売られたりしたら、かなり不機嫌《ふきげん》になると思うけどね。それはもう純粋《じゅんすい》な冒瀆《ぼうとく》じゃないか。墓の平和はどこへ行ったんだ。おまえ、騒《さわ》ぎに巻き込《こ》まれるかもしれないぞ」

「騒ぎって、なんだ」商売人は知りたがった。「ただのからっぽの頭蓋骨じゃないか」

「からっぽだってどうしてわかる」

「見りゃわかるじゃないか」

「死んだ魂は、身体のどの骨にいちばん執着《しゅうちゃく》があると思うんだ？」とシーラス。「大腿骨《だいたいこつ》かな？　頭蓋骨の額に名前が書かれたというのは、それなりの理由があるんじゃないのか？」

　商売人は答えなかった。

「墓に入れられた死者はそっとしておくこと、それが死者に対してなすべき最低線だよ」シーラスは言葉を続けた。カワウソ猟師《りょうし》はずっと黙《だま》って聞いていたが、話がどこへ落ち着きそうか見当がついたので、口出ししなかった。

「それに、死んだ人間を取引してるなんてことが知れたら、おまえの商売人としての評判に影響《えいきょう》するぞ」シーラスはなおも続ける。

「だって頭を身体から離《はな》したのはおれじゃないんだから」商売人は言い訳しようとした。

「それはそうかもしれないが、これからずっと『死体売り』って呼ばれるようになるのはおまえだ。おまえが売るわけだからな。さっき頭蓋骨を袋に入れた男たちが、怖《こわ》くてあんなものをそばにおこうとしないことぐらい、おまえにだってわかるだろ？　村の住人も、山の地下の平和を乱されたくないんだ」

　商売人はもう本気で怖気《おじけ》づいていた。

「ある意味じゃ、『子売り』の息子は一歩進んで、掘《ほ》り出した人間の骨を商売しても当然だと思うっていうのは、納得できそうな気もするけどね」

「おれは死んだ人間を商売なんかにしてない」と腹を立てて商売人が言い返した。

「ということは、頭蓋骨《ずがいこつ》をもとの場所に返していいってことだな？」とカワウソ猟師《りょうし》がきいた。

「おまえもいっしょに骨置き場に来て、もとに戻《もど》すところを見たらいい」とシーラスがつけ加える。

「ごめんだよ」と急いで商売人が言う。

「じゃ、袋《ふくろ》をわたしてくれるんだな？」とシーラス。

「その分かわりに何をくれるんだ」と商売人は知りたがった。

「汚《けが》れなき良心だ。悪いことをしないですんだっていう安心感と、よくなる評判」カワウソ猟師がすらすらと言う。

「ここまでボートをまわしてくるんなら、陸に揚《あ》げるのを手伝ってやるよ」とシーラスが約束した。

すると商売人は、ずぶ濡《ぬ》れになった長靴《ちょうか》をシャプシャプいわせながらボートに戻り、棹《さお》を水にさしてカワウソ猟師の場所までボートをまわしてきた。そして手を貸しあって、戻《もど》された袋を通路に残してあったのといっしょにした。それがすむや、商売人はすぐにボートを川の流れに出し、町の方向に流されるままにした。残されたふたりは、その姿が闇《やみ》に消えるのをながめていた。

「もう時間が遅《おそ》いが、念のためにこの頭蓋骨はやっぱりもとの場所に戻しておいたほうがよさそうだ」とカワウソ猟師が言った。

シーラスも同意してうなずき、すぐに袋をひとつ肩《かた》にかついだ。最大の困難は、地下の流れに沿って運んでいくことだった。それがすむと、シーラスが棒を伝ってよじ登り、穴から骨置き場に入った。シーラスが持ってきていた細くて軽い竿《さお》でランプがシーラスのもとに持ち上げられると、カワウソ猟師は比較的《ひかくてき》容易に袋をシーラスに手《て》わたすことができた。

シーラスは袋をひとつずつ開けていき、頭蓋骨を床《ゆか》においた。そしてそれを、隙間《すきま》があいているところを見つけてもとに戻していった。

11　子探し

話ができるようになるにつれて、小さなアーニャはだんだん社交的になってきた。自分の要求するところを人に通じる言葉で表現できるというのはアーニャにとっては楽なことらしく――楽なのは周囲の者にとってもそうだったが、それがまた新たな形の不可解さに発展することもあった。たとえばアーニャはある日、自分は犬だ、と宣言した。

「犬なの？」とかあさんがびっくりして、きいた。

そうだ、とはっきり答えてアーニャは、自分のお皿を犬の皿に並べておいた。

「でもどうして犬になりたいの？」とかあさんがきく。

「ゴフが犬だから」と答え、ゴフに出された餌《えさ》の半分を自分の皿にたどたどしく移すのに余念がない。

「じゃ、家には犬が二匹いるわけだ」とユリーヌが言う。

アーニャは顔を上げ、何か考えているふうにかあさんを見つめていた。そして幸せそうに笑い、

「犬が二匹」と繰《く》り返した。

「でも、それじゃ子供がいなくなっちゃうね」とユリーヌが悲しげに言った。

「いるよ、あたしが」と安心させるようにアーニャが答える。

「でも、あんたはもう犬になっちゃったんだから」

アーニャはそのことをずいぶん長く真剣《しんけん》な顔で考えていたが、いきなりパッと明るく輝いて、

「マリアのとこにいる」と言う。

「そうね、マリアのところには子供がいるけど、この家にはいないわ」

「いるよ、マリアのとこにいるんだから」とアーニャは言い返した。

ちょうどその時、通りで野菜を洗っていたウルスが入ってきて、戸のすぐ近くで立ち止まった。

「遊び友達がほしいみたいね」と言って大皿をテーブルの上におく。

「そう。でも言うは易しでね」とユリーヌが答える。「この年頃の子は木に生えちゃいないわ。少なくともこの村にはね」

「みんな施設《しせつ》で飢《う》え死にしてるよ」とウルスの口からもれた言葉は、憎《にく》しみに近いほどの苦《にが》みを含んでいて、それがユリーヌを仰天《ぎょうてん》させた。

「何よ、いきなり」とびっくりしたユリーヌがきく。

「ごめんなさい」とウルスはつぶやき、テーブルに腰掛《こしか》けた。「こんなこと、言うんじゃなかった」

野菜を細かく切り始めたウルスの手がかすかに震《ふる》えている。ごく自然にもうひとつのナイフに指をのばしたユリーヌは、観察するような目でウルスを見つめ、

「ひとつ、きいていいかしら」と言う。

「やめといて」とささやくような声で答えたウルスはテーブルに目を伏《ふ》せ、どうしていいかわからずに左右を見た。そして、

「だめ、何もきかないで」と言った。「そのほうがいいし――そのうち平気になるから――いつかきっと」

ユリーヌは、いつもは強くて落ち着いているウルスを、びっくりして見つめていた。皮むきのナイフを握《にぎ》りしめる指の関節が、真っ白になっている。ユリーヌは何も言わずにウルスに両腕《りょううで》をまわして抱《だ》き寄せ、緊張《きんちょう》が解けるのを待っていた。それから、

「あんたには赤《あか》ん坊《ぼう》がいる。でもだれかに取られてしまったのね？」と、ユリーヌは女の子の髪《かみ》に口を寄せてきいた。

ウルスはそっとうなずいた。泣き出さないようにこらえている。

「とうさんが死んだ時、あたし妊娠《にんしん》してたの」と鼻声で言った。

「おとうさん、そのこと知ってたの？」

ウルスは首を振《ふ》った。

「商売人は？」

ウルスはまた首を振った。「気がついた時にものすごく怒《おこ》った。あたしを閉じ込《こ》めて、ことがすむまで隠《かく》してた。それから子供を取り上げて施設《しせつ》に連れてって、拾った子だって言ってって言われた。


「どうしてそのこと知ってるの？」

「帰ってきてから話してくれた。子供を産んだなんてだれかに話したら、あたしは牢屋《ろうや》に入れられる、って言われた。内密出産だって言ってた。内密に出産するのは罪になる。だれかに知られたら、もうボートを曳《ひ》かせることはできない。そうなったらあたしには、だれも頼りになる人がなくなるって。だからあたし、黙《だま》ってボートを曳いていた。——あたし、やっぱり話しちゃった。——だれかがあたしを連れにきたらどうしよう」

ユリーヌはウルスの両肩《りょうかた》をつかみ、真剣《しんけん》な目でウルスの顔を見つめ、

「だれもあんたを連れにきたりしないわ。あなたは山の人間よ」と言った。

深い安堵《あんど》のため息がもらされ、ウルスがどんな思いをしていたかが知れた。

「子供はいつ生まれたの？」とユリーヌは知りたがった。

「二年足らず前かな」とウルスがあいまいに答えた。

「まあ、かわいそうに」とユリーヌが声を上げた。「子供の顔を見ることはできたの？」

「最初の晩だけ、男の子の赤ちゃんを抱《だ》いてた。泣いて人に聞かれたりしないようにして」

「それからあの男が来て連れてったのね、商売人が」

「あの人、赤《あか》ん坊《ぼう》を新聞紙に包んだわ。もう死んでるみたいに」

「その子、何か身体に特徴《とくちょう》とかなかった？」

ウルスはどきりとした。「どういう意味、それ？」と恐《おそ》る恐るきく。

「ひと目見てその子だとわかる印が何かなかったかしら」

「あざとか、そういうの？」

ユリーヌはうなずいた。

「左側のお尻《しり》に赤いあざがあった」

「どれくらいの大きさ？　大体でいいから」

「銅貨ぐらい」

ふたりが今や大きく変化してしまった状況《じょうきょう》を理解するまでに、しばしの沈黙《ちんもく》があった。それから
ユリーヌが、

「あんた、ウマガラスの駄馬《だば》に乗れるかしら」ときいた。

「わかんない。馬に乗ったことなんかないから」

ユリーヌはしばらく考えていたが、やがて、

「シーラスに話したほうがいいわね」と言った。「あの人もいっしょに馬で来てもらおう」

「だめ、だめよ、そんなことしちゃ」とウルスが悲鳴をあげた。「あたし殺されちゃう」

「だれがあんたを殺すのよ」

「商売人。あたしがしゃべったってことを聞いたら、あの人あたしを殺しにくる。しゃべっちゃいけなかったんだから」

「あの弱虫が。ボートもこげないくせして」

「黙《だま》ってなくちゃいけなかったんだから」とウルスが続けた。

「その反対よ。生きてるうちに見つけようと思ったら急がなくっちゃ。行ってシーラスを見つけてきてちょうだい。あたしが話があるって。すぐによ。急ぐことだからって言うのよ」

ユリーヌの声の調子を聞いてウルスは飛び上がり、皮むきナイフを放り出すと、シーラスがどこにいるかもわからないまま戸の外へ飛び出していった。しばらくしてシーラスを引っぱって戻《もど》ってきた時には、シーラスもウルスと同じくらいにあわてていた。

「この子は何を言ってるんだよ。何があったんだ？」戸口から入ってくるなりシーラスが大声をあげた。するとアーニャに目が止まった。四つん這《ば》いになってゴフの横でものを食べている。

何も言わずにシーラスがアーニャを抱《だ》き上げると、いつものとおりに激《はげ》しく泣き叫《さけ》んだ。そこへユリーヌが来てシーラスから娘《むすめ》を受け取り、ゴフの隣《となり》へおろしてやった。

「どうしたらいいかわかってるから、この子はこれでいいの」と言ってユリーヌは、すぐさま、いつになく興奮した声でウルスの意外な過去のあらましをシーラスに話して聞かせた。商売人がどんなふうにウルスを扱《あつか》ったか、包み隠《かく》しのないところを聞いたシーラスは、ユリーヌのしようとしていることは正しいと言った。商売人は、無情にも生まれたばかりの男の子を取り上げて、拾った子として施《し》設《せつ》にやってしまった。その子は左のお尻《しり》に赤いあざがあったと言う。

「いっしょに馬で来てくれる？」と話し終わってユリーヌがきいた。

「もちろんさ」とシーラス。

何をすべきかはもう疑いの余地がなかった。そしてそれはすぐにしなければならないということも。何かが始まろうとしている気配は波紋《はもん》のように広がっていった。そしていつものようにおばあちゃんが軸《じく》になって車がまわり出した。アーニャに子守りを見つけたのはおばあちゃんだったし、弁当と毛布を用意したのもおばあちゃん、ウマガラスが家にいないのを確かめたのもおばあちゃんだった。

「でも、馬が」とウルスが言う。「あの人がいないんなら馬は」

「あいつがいない時に馬の世話をするのはおまえじゃないのか？」とシーラス。

ウルスは迷っているようにうなずいた。

「おまえもいなくなったらどうやって世話をするんだよ。連れてくよりしょうがないじゃないか」

それにはウルスもうなずいた。ケムクジャラはもうすっかりウルスになついていて、シーラスが鞍《くら》をのせておもがいをつけても、何も文句を言わなかった。ウマガラスはいつも何もつけずにその馬に乗っていた。

けれどもオツキサマのほうは、めったに乗馬として使われることがなかったために頑固《がんこ》に抵抗《ていこう》したが、ユリーヌが乗るとおとなしくなった。オツキサマはやさしくて扱いやすい馬で、ユリーヌをとっても気に入っていた。

ウマガラスの馬は、乗り手がちがうことにすぐに気がつき、勝手な真似《まね》をし始めた。舟曳《ふなひ》き道に出ると、ちょっとでも緑の草が生えている付近を通るたびに、すぐに止まって食い始めた。そんな場面になれていなかったウルスは、どうしていいかわからなかった。シーラスがウルスの横に馬をつけ、扱い方を話してやって初めて、馬はウルスに服従しなければいけないことがわかったようだった。一度あきらめて言うことを聞くようになると、馬はおどろくべき早さでウルスといっしょに共通のリズムを見つけ出した。というわけで町への道のりは申し分のないものになった。

村を出る時シーラスは、泊《と》めてもらえることを願ってまずメリッサの両親のところへ行くつもりでいた。けれども、町へ着いた時にはもうあまり時間がないのに気がついて、計画を変え、施設《しせつ》へ直行することにした。一日のうちでも静かな時で、だれにも発見されることなく中庭の奥《おく》まで入り、馬を下りることができた。それも束の間、地下室への降り口や半分開けられた戸の陰《かげ》に、小さいのやら少し大きい男の子たちが大勢隠《かく》れているのがわかった。

その場面は、シーラスがもう何年も前のこと、年寄りの棟《むね》からおばあちゃんを連れ出しにいった時とおどろくほど似通っていた。あれはシーラスの半生で、のちのちまで影響《えいきょう》を及《およ》ぼすことになった意義ある日々だった。そして今日そこでの用事を思うと、シーラスは胸が多少縮まるような思いがした。今度もうまくいくだろうか、それとももう遅《おそ》すぎたのではないか。

シーラスは男の子たちを二、三人呼んでみたが、陽を浴《あ》びた露《つゆ》のようにすっと消えてしまった。そこで硬貨《こうか》をポケットから取り出すと、たちまち手を貸したい子たちが群がってきた。

シーラスはいちばん大きい子を三人選び、壁《かべ》の鉄輪につないだ三頭の馬を見ててくれるかとたずねた。だれにも馬のそばに寄らせないこと。馬はこわがってすぐに蹴飛《けと》ばす。だから馬の後ろには立たないこと。壁際の頭のところに立っていること。

三人は納得してそれぞれ一枚ずつ硬貨をわたされた。戻《もど》ってきた時に異常がなければ、もう一枚やる約束をシーラスはした。

それも承知したが、シーラスが所長の事務室への道順をきくと、三人ともシーラスに殴《なぐ》られたでもしたかのような顔をした。シーラスがさらに、どうしたのか、ときいても何も答えない。

「知らないやつから金を受け取っちゃいけないからだよ」と、まわりの連中のひとりが教えてくれた。

「金は事務室にわたすんだ」

そこでシーラスは考えた。そして少々腹を立てた。

「ぼくたちの馬が施設の中にいる間、それを見ててもらうのに対してぼくが金を払《はら》う。それはおまえたちとぼくとの間の問題で、金はどこへもわたす必要なんかない」と真剣《しんけん》な顔で言った。

「でも、所長の事務室がどこなのかは、ほかのだれかが教えてくれるかもしれないな」とシーラスは続けた。

たくさんの手が上がり、シーラスはまた大きな子のひとりを選んだ。その子は先頭に立って建物の中を進んでいって、事務室の前で硬貨を受け取った。

ウルスもユリーヌも、見ること聞くことに心が重くなっていた。何もかもが薄気味《うすきみ》悪く、雰囲気《ふんいき》が重々しかった。それは当然ふたりにも影響を与《あた》えていた。

所長の事務室に入っても事情はよくならなかった。事務室は大きくて明るく、天井《てんじょう》も高くて大きな窓が施設《しせつ》の庭に向かっていたにもかかわらず、暗い印象を与えた。

シーラスは案内の男の子がいなくなるまでドアをノックするのを待っていた。所長自らが返事をした。「どうぞ」

シーラスはドアを開け、連れのふたりの女性といっしょに中へ入った。所長がかなりおどろいたような表情を見せたのをシーラスは見逃《みのが》さなかった。前もって知らされることもなく人が施設のそんな中まで入ってくるのは、ふつうじゃないようだった。

シーラスはウルスとユリーヌを従えて部屋の中を進んだ。挨拶《あいさつ》をして、セバスチャン山のシーラス、と名を告げた。名前を聞いても所長はわからないようだった。今書き物机の向こうにいる男を出しぬいて、シーラスが施設を買い取ろうとしたのはそんなに以前のことではなかったにもかかわらず、所長がシーラスに気づいたようすはなかった。

それからシーラスはユリーヌを妻として、ウルスを親戚《しんせき》の者として紹介《しょうかい》した。

「それで用事というのは」と所長が知りたがった。あまり愛想がよくない。

「ええ、親のない子をうちの子として引き取りたく思ったもんで」とシーラスが行儀《ぎょうぎ》よく答えた。

所長はシーラスからユリーヌへ、またシーラスへと視線を移してから、「お気の毒だが」と言った。

「ということは、施設の所長には、施設に連れてこられた子を養子にする件が扱《あつか》えないということなのかな？」とシーラスが続けてたずねた。

「まったく不可能だ」と所長が素っ気なく言う。「町役場で申請《しんせい》することになってるんでな」

「どうしてなんだ？」とシーラスは知りたがった。

「それが規則だ」と所長はいっそう素っ気ない声で答えた。

「なるほど。それは残念だ、楽しみにしていたのに」と言ってシーラスは、何かを考えているようすでズボンのポケットから札束を取り出し、それを胸の内ポケットの中に押《お》し込《こ》んだ。

「ここに託《たく》された小さな命に対して、われわれ、責任がありますからな」と所長はいやに気取って言ったが、その目は、ポケットから別のポケットの奥《おく》深くに移された札束の動きの軌跡《きせき》に従って動いていた。

「もちろん、ごもっともな話で」とシーラスは相槌《あいづち》を打った。「それではどこか別のところできいてみることにしよう。二歳《さい》以下の男の子ならどこでも見つかるはずだし」そう言ってシーラスは半分振《ふ》り向き、ドアのほうを見た。

ウルスが思わずさえぎるような動きをしたが、ユリーヌが手首を取って落ち着かせた。

するとどう所長が空咳《からせき》をした。そして、「ちょっと思ったんだが」と口を開き、「つい最近、みなしごと見なされたちょうどその年ごろの男の子が、ここに預けられたんじゃなかったかなとね。まだたしかどこにも登録されてないような気がするんだが――ひょっとしてその子なんかはどうだろうかと」所長の声が、秘密たっぷりのささやき声になった。

シーラスはためらってユリーヌを見た。「よくわからないし――その子を見せてもらえるかな」

所長は気づかれない程度にためらってみせ、

「ちょっときいてきますので、しばらくお待ちを」と言った。

何かを調べてくる間、その所長の事務室で待っていろ、ということらしかった。けれどもシーラスは、急いで部屋を出ていく所長に数歩遅《おく》れただけでドアを開け、大股《おおまた》であとを追っていった。ユリーヌとウルスは駆《か》けるようにしてついていく。古い建物の通路は長くていくつにも曲がっていたので、所長の姿を見失わないようにしなければいけなかった。所長は追っ手を振《ふ》り払《はら》おうとでもしているかのようだった。ようやくあるドアの前で足を止めた時、所長は息を切らしてしまっていた。

「外でしばらく待っていていただきましょう」と所長は言い、把《と》っ手に手をかけた。

「よろしい」とシーラスはおとなしく答えた、が、所長がドアを閉め鍵《かぎ》をかけようとした瞬間《しゅんかん》に押《お》しあけた。

「今言ったこと、聞こえなかったのかな?」所長は、だれも入ってはいけないはずのところへ三人が全員押しいってきて、どぎまぎしていた。

その間にシーラスは、後ろ手にドアを閉めた。

「ここへは来てほしくないんだから」と所長が怒《おこ》って大声を出した。「言ってることがわからないのか」

「よおくわかってるよ」と言ってシーラスは鍵をポケットにしまった。

部屋の中には年老いた女がすわっていた。自分の受け持ちの場所へ見知らぬ者が入りこんで来たことに、死ぬほどおどろいているようすだった。何をしたらよいのやらまったくわからなかったらしく、結局何もしなかった。所長の激《はげ》しい金切り声にも、まったく上の空だった。ところが床《ゆか》を這《は》いまわっていた小さい子の群れには怒鳴《どな》り声を雷《かみなり》のように落とした。恐《おそ》れおののいて全員がほぼ同時に泣き出し、隠《かく》れるところをさがしまわっている。

けれども隠れ場所などなかった。部屋には年老いた女がすわっていた箱ひとつしかない。だから、動ける子は壁《かべ》に向かっていった。ウルスとユリーヌにはそこへ来た目的がはっきりしていたので、言葉を交わす必要もなく、おむつやなんだかそれらしいものを下げおろしてみて、子供たちをひとりずつ調べてまわった。そして、ほぼ全員を見終わるころになってウルスが腕《うで》に男の子を抱《だ》いて立ち上がり、お尻《しり》を見せた。あるべき場所にあった赤いあざを見て、ウルスの顔が喜びにほころんでいる。

ウルスは男の子をしっかり抱《だ》きしめて、恐怖心《きょうふしん》を和《やわ》らげてやろうとしていた。けれどもその子は、子供たちの世話をする少数以外にはほかの人間を見たことがないようだった。ともかく、なんとしてでも身を振《ふ》りほどこう、慣れた床《ゆか》の上におり立とうとしていたが、ほとんど力がないのだった。それでもやっぱりもがいていた。

そこへユリーヌが助け舟《ぶね》を出した。ユリーヌはこっそりおばあちゃんのビスケットをポケットにたくさん入れてきていたが、そのひとかけらを男の子の口に入れてみた。そんなものを口に入れたことのなかった男の子は最初は口から出してしまったが、味がわかるともっと欲しがって口を大きくあけた。

それからユリーヌは残りのビスケットを床にまいた。ほかの小さな子たちも、徐々《じょじょ》にそれが食べられるものだと発見し、やがて、大いなる静寂《せいじゃく》が部屋に訪れた。子供たちは床の上にすわったままで身体を移し、ビスケットをつまみ上げていた。

ニワトリみたい、とウルスは思った。まるでニワトリだ。ウルスはそれを見るのがつらかった。

その時シーラスが手に鍵《かぎ》を持ってドアの前に立った。

「さ、行こう」と言う。

「どこへも行かせないぞ」と所長が言って、ドアの前に立ちはだかった。「まず勘定《かんじょう》を済ませてからだ」

シーラスはお札を二枚差し出したが、所長は、子供が施設《しせつ》に滞在《たいざい》していた全期間の分を払《はら》えとわめきたてた。

「ちゃんと払ったじゃないか」とシーラスが答える。「それじゃ多すぎるくらいだ」と言って、所長が非難するように突《つ》き出している札を指さした。

「これじゃ子供ひとり養えない」と文句を言う。

「できるさ。充分《じゅうぶん》だよ」とシーラスは答えた。「どうせそうなるんだし」そして所長を押《お》しのけてドアをあけた。「さがしていた子は見つかった。世話になった」

「役人を呼びにいかせるぞ」と所長が苦々《にがにが》しげに言った。「このままじゃすませないからな」

「呼ぶのは早けりゃ早いほうがいい」とシーラスが言う。「そんなことをしたら面倒《めんどう》をこうむってひどい目にあうからな。この子をだれが預けたか、ちゃんと知ってるんだ。だれが産んだかもわかってる。無理矢理内密に産まされた子を預かったりするのが罪になることも、ちゃんと知ってるんだ。だから、牢屋《ろうや》に入るつもりなら、町役場の役人をさっさと呼びにいかせたらいい」

シーラスはそこでひと休みして、所長をさぐるような目で見た。ピンと張っていた所長の背筋が多少緩《ゆる》んでいる。

「この子を二年間生かしておいた代金をもっと払《はら》ってもいいが、おまえにわたす金額の領収書を出してもらう。おまえが小さい子を取引するのは違法《いほう》だってことは充分《じゅうぶん》承知の上でな」

ふたりは何も言わずにおたがいの顔を見合っている。やがてシーラスが、

「領収書はいくらにするんだ?」ときいた。

「領収書なんか出さないよ。いいからとっとと出てってくれ」所長は自分のかんしゃくに声をつまらせそうになっていた。「地獄《じごく》へでも行きやがれ」と所長がみんなの後ろ姿に向かって毒づいた。

「行くんじゃなくて、今まさにそこから逃《に》げ出すところさ」とシーラスはひとりごちた。そうしてみんなで階段を下りて中庭へ出る。すると連れ出してきた男の子が、もうそんなに明るくはなかったのに、中と外の変化におどろいて震《ふる》え上がった。ウルスの胸に顔を埋《う》め、何も見ようとしない。ユリーヌがそれに気がついた。

「ドアの外へ一度も出たことがないんだわ、この子」と言う。「天井《てんじょう》がないところを一度だって経験したことがないのよ。もしかしたら、この子を見つけた場所から一度も出たことがないのかもしれない」ユリーヌは怒《おこ》っていたが、悲しんでもいた。

シーラスがウルスに手を貸して、ウマガラスの馬の、幸いそんなに高くない背に乗せてやる間、ウルスはずっと子供を抱《だ》きしめていた。シーラスは鞍《くら》の後ろに丸めてあった毛布を取って広げ、ウルスの上にかけてやる。テントの下で子供を抱いているように見えた。

「鞍によくつかまってるんだぞ」とシーラスが言う。「手綱《たづな》は取っててやるから」

うなずいたウルスの顔に、涙《なみだ》が流れ落ちていた。自分の子供を連れもどしたという思いが、ゆっくりゆっくりと実感になってきていた。夢なんかじゃない。人に聞いた話でもない。自分の手で自分の息子《むすこ》を取りもどしたのだ。それは強烈《きょうれつ》な体験だった。

シーラスは約束した硬貨《こうか》を三人の少年に払い、黒馬にまたがった。小さな一隊が静々と町に向かっていく。先頭を行くシーラスがケムクジャラを従え、最後尾《さいこうび》はユリーヌだ。あたりには闇《やみ》がおり、毛布の下のぬくもりの中で、男の子はすぐに眠《ねむ》りに落ちてしまった。でも長くは寝《ね》ていられなかった。町の通りをぬけて洗濯女《せんたくおんな》の家に行くだけだったからだ。メリッサの母親はびっくりしてシーラスとその一行を迎《むか》えた。

簡単に説明を聞いたあと、メリッサの母親は急いでふたりの女性を表の戸から中へ引き入れた。シーラスは馬を連れて門口のほうへまわり、メリッサの父親があけてくれた門から中庭へ入った。ふたりで助け合って薪《まき》を運ぶ車とシーツ類をのせる手押《てお》し車を中庭へ出し、庇《ひさし》の下に三頭の馬をつないだ。

メリッサの父親が馬に干し草を与《あた》えてから、ふたりは裏口から中へ入った。

台所でウルスが毛布の中身を気をつけてあけると、メリッサの母親は、その小さな骨と皮だけの子がほんとにもうすぐ二歳《さい》の子なのかとおどろきあきれ、両手を打ち合わせた。施設《しせつ》での子供の扱《あつか》いぶりに声をあげて憤慨《ふんがい》しながらも、手のほうはその子のために重湯《おもゆ》を作っていた。それをかきまわすのはユリーヌにまかせ、今度は大きな鍋《なべ》に水を満たし、炉《ろ》の上にのせた。その間にもたえずシーラスとユリーヌがかわるがわるにセバスチャン山のようすを話して聞かせていた。それから、商売人が山の下の穴蔵《あなぐら》に移り住んだことも。男は十六になる女の子を連れていたが、それはその子が父親を十四の時に亡《な》くした折りに、男が偽《いつわ》りを言って無理に引き連れてきた子だったこと。女の子が妊娠《にんしん》しているとわかると、男はその子を閉じ込《こ》めて外へ出さなかったこと。ひとりで子供を産ませ、そのあとすぐに男の赤《あか》ん坊《ぼう》を拾いっ子として施設に預けてしまったことなどを話した。

「その赤ん坊には、そんなことにならないようにがんばってくれる父親がいなかったのかい?」とメリッサの母親が炉に火をおこしながらきいた。

だれも答えない。ウルスは質問が自分に向けられているのにいやでも気づき、

「ただの若者で、なんにも知らされてなかったし」と低い声で答えた。「そんなことがあの人のとうさんに知られたら、とうさんにきっと殴《なぐ》り殺されただろうし」

「先にその子に食べ物をやったほうがよさそうだ」と言ってメリッサの母親は重湯を少しだけ小さな皿によそい、いちばん小さなスプーンを見つけた。

「あたし思うんだけど、施設の子はご飯を食べさせてもらったことなんかないはずよ。世話をする人がたったひとりしかいないのを、ちゃんと見てきたんだから」とユリーヌが言う。「狭《せま》い部屋に少なくとも二〇人子供がいた。そのほとんどが、カップから自分で飲めるものだけしか食べてないに決まってる。強い子がいちばん食べて、よちよち歩きだけが手を貸してもらってるんだわ」

シーラスは同意してうなずき、「あんな惨《みじ》めな光景、見たことなかったよ」と言う。

メリッサの母親はその話をよく納得して、重湯にミルクを混ぜてかきまわし、それをカップにあけた。そして、男の子をタオルでくるんでからウルスの膝《ひざ》にのせてやった。

「気をつけてやるんだよ」とメリッサの母親が言う。「一度にたくさんやっちゃだめだよ」

ユリーヌの言ったことは正しかった。男の子はカップから飲むことができ、あっという間に平らげてしまった。重湯は飲んだことがあるらしい。「それ以外食べたことないんだわ」とユリーヌが苦々《にがにが》しげに言った。

ウルスはそれを思って泣いた。不憫《ふびん》でならなかった。「ほかの子たちもかわいそう」と言ってめそめそ泣いた。

「やっとその子を取り戻《もど》せてよかったねえ」と言ってメリッサの母親はたらいにお湯をはり、水を足して適当な温度にした。

「その汚《きたな》い服を取ってあげな」とウルスに言った。「あとで燃やすから」

「でも、これ以外にないのに」ウルスが不平を言う。

「服なら家にあるよ」と洗濯女《せんたくおんな》はきっぱり言った。「メリッサが子供を流してね。あの子にはまた縫《ぬ》ってあげられるんだからさ。抽《ひ》き出しにいっぱいつまってるよ」

シーラスとユリーヌは視線をかわした。

「あんたの子の服なら半年分はあるね」と、メリッサの母親が続けた。

男の子は服を脱《ぬ》がされて身体を丸めた。無防備になったのを感じたのだろう。

「この子のいたところには火を焚《た》く場所もなくてね」とユリーヌ。

ウルスは袖《そで》をしっかりたくし上げるように言われた。男の子のうなじの下に腕《うで》を入れ、もう一方の腕は両膝《りょうひざ》の下を支えてお湯に入れる。

「びっくりするから、しっかりつかまえてるんだよ。きっとお風呂《ふろ》なんかいれてもらったことないんだから」

ウルスは言われたとおりにした。最初はショックを受けたものの、男の子は温かいお湯の中で身体をほぐし、すぐに眠《ねむ》りに落ちてしまった。

「かわいそうにねえ」と言ってメリッサの母親は、柔《やわ》らかい布でそっと男の子を洗ってやった。「しばらくお湯につけとかないと、この汚《よご》れは落ちないね」

メリッサの母親は、体重不足を子供の身になって嘆《なげ》いていた。食べ物をほとんど与《あた》えられず、何から何まで手をぬかれていた。ウルスは、それほどまでにおろそかにされていた子供の命を救えるかどうか、疑うまでになっていた。こうしていろいろしてやっていても、すぐに眠りに落ちてしまう。洗濯女がわざわざ見つけてきてくれた服を着せるのはあきらめて、おむつと乾《かわ》いたタオルに包むだけにした。

みんなで食事をした間、ウルスはずっと男の子を腕に抱《だ》いていた。またどこかへ行ってしまうのを恐《おそ》れて、どうにも手放せないようだった。

「ひんぱんに食べさせるんだよ」とメリッサの母親が忠告した。「欲《ほ》しがったら何度でもね。でも少しずつだよ。おなかを慣らさなくっちゃ」そう言って残った重湯をゴムの吸い口のついたコップに注ぎ、ウルスに、冷めないように寝床《ねどこ》の中に入れておくように言った。それから、玄関《げんかん》わきの部屋の奥《おく》の寝床《ねどこ》にウルスと男の子を案内した。シーラスとユリーヌは、上の階のメリッサが使っていた部屋でいっしょに泊《と》まる。

「あの子、生きのびられるかなあ、どう思う？」と二階でふたりきりになった時にシーラスがきいた。

「だいじょぶよ」とユリーヌが自信たっぷりに答えた。「ウルスがメリッサのかあさんが勧《すす》めるようにしてゆっくりやってけば、だいじょぶ。あたし、お湯に入れるのはまだ早すぎるんじゃないかと思ったけど、でも、あんなに汚《よご》れてたんじゃね。それから、あんまり一度に食べさせないことね。最初のうちは赤ちゃんを扱《あつか》うみたいにすべきね。体重が増えてきたら、運動をさせなくっちゃ。立って身体を支えることさえできないんだから。ほんとにひどい話だわ。あの子、うちのアーニャとほとんど年がいっしょよ。でもいちばんひどいのは、あそこにおいてこなくちゃいけなかったほかの子供たちね。心も身体も栄養失調で、おまけにひどい扱い方をされてるし。あれじゃ長く持たないわ」

「それなのに次々と新しい子が預けられてる」とシーラスが相槌《あいづち》を打った。「それで施設《しせつ》は金をもうけてるんだから、ひどい話さ。死んだ子がどこかに登録されてるか、それも疑わしい。ほんとに強い子だけが生きのびるんだろうね。弱い子から食べ物を盗《ぬす》めるやつだ。まだあんな年なのに。あれほどひどいことになってるなんて、知らなかったよ」

「それに言葉をしゃべれないわ。泣くだけでひとりも何も言えなかったのに気がついた？　箱に腰掛《こしか》けてたばあさんは、あの子たちに声をかけようともしなかった。ひとこともよ。あたしたちが見てしまったんで所長がいきり立ったわけ、よくわかるわ」

「そうそう、あの子たち、外の世界のこと、まるっきりなんにも知らないはずよ」とユリーヌが続けた。「だれも一度だってあの子たちに鳥や猫《ねこ》やほかの動物を見せてあげてないんだから。窓の外を見せてあげたことさえないんだわ。日の光の中へ出してあげたこともなければ、抱《だ》き上げてあげたこともない。玄関《げんかん》の外へ出た時、あの子がどんなにおどろいたか、あんたも見たとおりだわ」

シーラスはもう何年も前から、施設《しせつ》の子が五歳《さい》、六歳、八歳になってもまだ小さくて蒼白《そうはく》で力がなかったのを知っていた。でも、それが実際それほどまでにひどいとは気がつかないでいた。いつからそんなことになったのか。あの子たちは、どうにかこうにか大きくなって、役に立ちそうなことができるようになるとすぐに床《ゆか》を掃《は》いたり薪《まき》を運んだりする仕事をさせられていた。そうなるまでに死んでも、だれひとり気にも止めなかった。あの子たちの存在などだれも知らなかったからだ。けれども、垣間《かいま》見るだけだったにしろ、施設のやり方にシーラスは心の奥《おく》まで揺《ゆ》さぶられていた。今ごろになって心が痛むほどの恥《は》ずかしさでいっぱいになっていた。

「何とかしなくちゃな」と言ってシーラスは、寝床《ねどこ》の端《はし》に重そうに腰をおろした。「今は何もできそうにない。このことはしばらくそっとしておこう」

12　再　会

すでにその次の日の朝にみんなは出発した。洗濯女《せんたくおんな》はもう二、三日みんなを引き止めておいて施《し》設《せつ》から来た子を見守り、いろいろと助言などしてあげたかった。捜索《そうさく》されたりしないうちに町を離《はな》れたかった。けれどもウルスは不安だった。それで、まだ明るくならないうちに舟曳《ふなひ》き道に出て、帰路についた。シーラスにもユリーヌにもその気持がよくわかった。

メリッサの母親はいろいろなものを持たせてくれた。子供の食べ物と大人にはパンとチーズ。使ってない子供服を入れた大きな袋《ふくろ》はウルスに贈《おく》られ、ユリーヌが自分の鞍《くら》の後ろに結《ゆ》わえつけた。ウルスは洗濯女の両手を握《にぎ》ってお礼を言った。

子供を抱《だ》いていたにもかかわらず、ウルスは前の日より上手に馬に乗っていた。それでも安全のために手綱《たづな》はシーラスが取り、みんなはかなり早くセバスチャン山に帰り着いた。全員が出迎《でむか》えに出ていた。

おばあちゃんの家に入るやいなや、ウルスが安堵《あんど》のため息をついた。それがあんまり深くしみじみとしたため息だったので、所長が一行のあとを馬で追わせるんではないかというウルスの怖《おそ》れがどれほど深刻だったかが知れた。そして家の中で初めてウルスは子供をおろし、帰路の途中《とちゅう》ずっとかぶっていた毛布の中から出した。

まったくの沈黙《ちんもく》が訪《おとず》れた。話し声がぴたりとやみ、動きがみな凝結《ぎょうけつ》した。それほどまでに放っておかれた子はだれも見たことがなかった。

「あんたの子なの？」とヨアンナが、信じられないという顔をしてささやき声できいた。

ウルスは感情が高まっていて答えることができないでいる。かわりにユリーヌが、子供が寝《ね》かされていた大きなテーブルの前に出た。

そして答えるかわりにおむつを外し、赤いあざを見せる。その場にいたみんなははっと息をのんだ。

「そう、ウルスの子よ」と答える。「この子はね、うちのアーニャと年が同じくらいなの。生まれた次の日からずっと施設《しせつ》に閉じ込《こ》められてたのね。まだ生きてることを感謝しなくちゃ」

「でもこれ、幼児虐待《じゃくたい》じゃないの」とヨアンナが言う。

「そうだ」とシーラス。「どの子もみんなこんなだった。生まれてばっかりの子から三歳《さい》ぐらいの子まで、二十人ぐらいいたかな。ひとりも歩けないみたいなんだ。少なくとも歩いてる子は目にしなかった。家具もなかったし、年寄りのばあさんがすわってた箱のほかには机も椅子《いす》もなかった。薄汚《うすぎたな》いとしか言いようがない毛布が四方の壁際《かべぎわ》に敷《し》いてあって、そこで寝《ね》てたとしか思えない。仔犬《こいぬ》かなにかみたいに隅《すみ》のほうへ這《は》っていってさ、その中に首を突《つ》っ込《こ》むんだ」

またしてもだれも何も言わなかった。聞くことすべてが信じがたかった。

シーラスとユリーヌはかわるがわる話して聞かせる。施設《しせつ》にどう入っていってどう出てきたか、所長が捜索《そうさく》の者を送ってくるのではないかと恐《おそ》れていたこと。だからできるだけ急いで帰ってきたこと。

「それじゃ今夜は見張り小屋にだれかをおいておかないといけないね」とおばあちゃんが言った。

進んで申し出た者が何人もいた。

「その子に何を食べさすんだい？」とおばあちゃんが知りたがる。

ウルスが説明し、おばあちゃんがうなずいた。「でも、そんなもんばっかりいつまでも食べさせちゃおけないよ。野菜を煮《に》て、混ぜてあげなくちゃ」

男の子は一日中適当な間隔《かんかく》をおいて食べ物を与《あた》えられた。びっくりするほどおとなしい子だった。なんにしろ言いなりになっているので、どこかおかしいのではないかと疑い始めたほどだった。でも、天井《てんじょう》をきょろきょろ見たり、その場にいる者を眺《なが》めたりするのはこわくないようだった。

「まわりでいつもだれかが動きまわってるのに慣れてるのよ、この子」とウルスが言った。

「でも、なんにも言わないなんて、ちょっと変ね」とヨアンナ。

「だれもこの子と口をきかなかったからよ」とユリーヌが言った。「聞いて繰《く》り返す、ってことをしてなかったんだわ」

小さなアーニャは、拒絶《きょぜつ》と興味の混じった目でその子を見ていた。

「だれなの」とアーニャは知りたがった。「ウルスの子？」

そうだ、とみんなは答えた。

するとアーニャは部屋の隅《すみ》に行って俵《たわら》の上に横になり、自分が犬で、それは特別なのだということを見せびらかした。

「あしたアーニャをオツキサマの背中に乗せてみるわ」とユリーヌが言った。「ゴフ以外にも動物がいるってことを見せてあげなくちゃ」

「もう寝《ね》ることにするね」とウルスが言って、男の子を抱《だ》き上げた。「あたしたちみんなにとっての新しい生活が、あしたから始まるの」

セバスチャン山の毎日の生活のリズムがそのために大きく変化することはなかった。男の子は死なかったが、昨日の今日ですぐに元気になることもなかった。目に見えて変わったのは顔の表情だった。その目が、ものを見ることを始めたようだった。その目はかあさんの姿を追っていた。自分にこれで二度目になる命を与《あた》えてくれているのがかあさんだということを、その子はわかっていた。

日々が過ぎゆき、男の子は少しずつ身体に肉がついてきた。けれどもあまり動かない。ある日おばあちゃんが、見かねてウルスに、力をつけさせてあげなくちゃいけない、と説明して聞かせた。今ある筋肉を使うことでしか力はつかない。ウルスは時間を割《さ》いて、いっしょに遊んであげる必要がある。

でもウルスは、けがをさせずにそんなひ弱な子とどう遊んだらいいのかわからなかったので、男の子を連れてユリーヌのところへ行って相談した。

「ほかの小さい子と同じでいいのよ、ちょっとだけ慎重《しんちょう》にすればね」とユリーヌは言った。

「でもほかの小さい子とどうやって遊ぶかもわからないんだから」ウルスはしょげてしまった。「腕《うで》や脚《あし》を折ってしまうんじゃないかと、それが心配で」

そこでユリーヌは男の子を寝床《ねどこ》に寝かせ、外へ出る時に使う、男の子をくるんであった毛布を取り除いた。そうして小さな力のない両足を手に取り、脚を持ち上げて上半身に向けて曲げた。

男の子はもの問いたげな表情をしたが、反抗《はんこう》しなかった。

ユリーヌは今度は脚を引き延ばした。男の子はこのほうが少々こわかったようだ。その姿勢では無防備に感じたらしい。それからもう一度体位を変えて脚を折り曲げ、同じ動作をしばらく続けていた。

「あんたもやってごらん」とユリーヌがウルスに言う。「足の裏をくすぐってやりなさいよ。おもしろいって思わせなきゃ」

ウルスが足の裏に息を吹《ふ》きかけると、男の子はびっくりして咳《せき》をして、脚を引っ込《こ》めてしまった。

ユリーヌはほめてやり、「それでいいのよ、いい子、もういっぺんやってみよう」

ウルスがもう一度すると、同じ結果になった。ユリーヌはウルスもほめてあげた。「それでいいわ。仔犬《こいぬ》かなんかのつもりで遊んであげなさい。でもこわがらせちゃだめよ。この子がおもしろくなくちゃね。身体を動かすのは楽しいことだって」ユリーヌはアーニャのものだった赤い毛糸の靴下《くつした》を男の子の顔の上で前後に揺《ゆ》らしてみた。くいいるようにして見守っているが、それを取ろうと腕をのばすことはしなかった。

今度はウルスが靴下を顔の上にぶら下げながら男の子の片腕を持ち上げてみた、が、靴下の動きを追うのはやはり目だけだった。

「一度にちょっとやり過ぎかもしれないわね」とユリーヌが言った。「なにか食べてひと眠《ねむ》りしたあとで、もう一度やってみたらいいわ」

ユリーヌに言われたとおりにするためにウルスが子供を抱いておばあちゃんの家に戻《もど》ったのと入れ替《か》わりに、シーラスが入ってきた。その顔を見てたちまちユリーヌは、何かおかしいと感づいた。

「何よ、心配そうな顔して」と言ってシーラスの方へ行く。

シーラスはあたりを見まわして、「アーニャは家の中か?」ときいた。

「ヨアンナのとこよ。どうかしたの?」

「まだよくわからないけど、何かがやってくるんだ」

「舟曳《ふなひ》き道を?」

「馬車道だ。頂上に立ってしばらく見てたんだけど、よく見えない。向こう側は木がたくさん生えてるんでね」

ユリーヌは深刻な顔をして、

「もう何も起こらないと思ってたのに。かなり時間も立ってるし。馬車道から来るのね?」

「それがよくわからないんだ。でも用心しなくちゃな。――みんなに知らせておこう」そう言って通りを下りていき、カワウソ猟師《りょうし》の家に入った。カワウソ猟師は仕事から目を上げた。

ユリーヌはおばあちゃんのところへ行って事情を話した。

「何かしらね」とこわそうにウルスがきく。男の子にスプーンで食べさせているところだった。

「まだ何だかわからないわ」とユリーヌが暗い声で言った。「ここは平和なところだと思ってたのに、川の盗賊《とうぞく》の騒《さわ》ぎはあるし、ついこの間は商売人でしょ、それにウマガラス。だからもう何があってもおどろかない、取り越《こ》し苦労はしないわ。――でもあんたは子供の服を袋《ふくろ》に入れて、おばあちゃんにお弁当を作ってもらうから、役人が来ても見つからないようにどっかに隠《かく》れてるといい。万が一ってことがあるからね。でも、今のところはまだ何もわかってないの。頂上からシーラスが何か見たんだけど、何だかよくわからないんだって」

そして自分でカワウソ猟師の家に行ってみて、アーニャが無事でいることを確かめた。

そこから出てきたユリーヌは、ウルスと鉢合《はちあ》わせになるところだった。ウルスは息子《むすこ》をおばあちゃんに預けて、何が近づいてきているのか、自分の目で見てみるつもりだ。ユリーヌといっしょに教会へ行き、胸壁《きようへき》のところに立って見ていると、やがて、遠景にゆっくり動くものがある。

「馬車だわ」とウルスが言った。

ユリーヌは目を細めて見てみた。だれかが馬に乗っているというよりは、馬車のように思われた。歩いている者はいないように見える。

「馬車を何台も並《なら》べて走るなんて、だれかしら」とユリーヌが声を高めてきいた。

「旅をしてるんじゃないの?」とウルスが想像して言う。

「馬車道を外れたわ」ユリーヌがふしぎそうに言う。「セバスチャン山に向かってるわ。馬車は通りにくいのに」

「何か見えるの?　何か知ってることがあるの?」ウルスが疑い深そうにきいた。

「あそこへは行ったことがあるの。シーラスが山を見せてくれるって言った時、あたしこっち側から来たから。道も小道もないし、茂《しげ》みだらけで」

「林なの？」

「林じゃないわ。高い木はそんなにないし、茂みがあって岩があって空き地がある。茂みはほとんどがとげのある葉っぱでね」とユリーヌは思い出し、「馬車が通りやすいところじゃないわ」

「馬に乗ってる人もいるわよ」とウルス。「馬車の前で」

「下へ行ってシーラスとカワウソ猟師《りょうし》に知らせたほうがいいわ」とユリーヌが言った。

ウルスはユリーヌに言われた通りにした。すぐにふたりが教会に現われ横に立った。何かが起こりそうだという噂《うわさ》はもう広がっていた。じわじわと村の住人が頂上に集まってきて、出来事の成行きを見つめた。

見たところ、別に変わったようすはないようだった。三台の幌馬車《ほろばしゃ》と、通れそうな道をさがす先頭の騎手がふたり。危険はなさそうだ。が、馬車の中には何が隠《かく》れていてもふしぎはない。罠《わな》かもしれなかった。シーラスの表情が次第次第に内にこもっていく。そして、

「馬で下りていって、山のふもとで会ってくる」と言った。「何か用があるんなら、下で話をすれば、わざわざここまで馬車で上がってこなくてすむ。もしも道をまちがえたんなら、もしも村の人間に用

があるんじゃないのなら、どっちへ行ったらいいか、道を教えてあげればいい」

シーラスは下りていって黒馬に鞍《くら》をのせた。カワウソ猟師もそれにならい、引き馬の一頭を連れて通りへ出てきた。何も打ち合わせることもなく、ふたりは馬に乗り、山道を下りて姿を消した。舟《ふね》をつないである支流の水際で馬を止めて並んだ。

川の向こう側から馬車のがらがらいう音が聞こえてくる。茂みのせいで馬車はまだ見えなかったが、ふたりの騎手《きしゅ》の姿が目に入った。川の反対側で、それぞれの騎手を背中に乗せた馬が二頭、川に入って水しぶきを上げた。馬車が渡《わた》れそうな場所をさがしている。ふたりとも馬の足場にすっかり気をとられていて、川の真ん中に達するまで、男がふたり待ち受けているのに気がつかなかった。

「そっちへわたって岸に上がってもいいか」と騎手のひとりが大声を上げて馬を止めた。

「用事はなんなんだ」とこれも大声でシーラスが答える。

「セバスチャン山のかしこいばあさんをさがしてるんだ」と声が返ってくる。

シーラスとカワウソ猟師はためらった。ずいぶん変わった用件だった。

「話を聞くからこっちまで来てくれ」とシーラスが言う。見知らぬふたりの騎手は役人でも町役場の人間でもなさそうだった。水しぶきを上げて岸に上がってくる。二頭の馬が、水気のありそうな草をすぐさま食べ始めた。

「ここでちょっと草を食べさせてもいいかな」とひとりがきいた。「長い道のりだったし、きちんと休憩《きゅうけい》をとっていないんだ。馬は今日はろくに食べてない」

シーラスはかまわないと言う。

「あんたたち、どこからやってきたんだ?」とカワウソ猟師《りょうし》が知りたがった。

「この平地の向こうに小さな村があって、そこで止まって食料を仕入れた。そこで聞いたんだ、この山の上に治療者《ちりょうしゃ》がいるってね。伝染する傷がそこの村ではやった時に助けてくれたばあさんだ」

それにはシーラスもカワウソ猟師もうなずいて、

「おまえたちがその伝染する傷をわずらってるのか?」とシーラスが少々距離《きょり》をおいてきいてみた。

「ちがうんだ」との答え。

「じゃ、どうしたっていうんだよ」

「高いところから落ちて背中の骨を折ってしまった女を連れているんだ。あちこちで助けを求めてみたんだが、今のところだれも手を貸してくれる者がなくってね。途中《とちゅう》通ってきた大きな町の病院でも、おれたちには払《はら》えない途方《とほう》もない金額をふっかけて相手にしてくれなかった」

「どうしてそのかしこいばあさんが治してくれると思ってるんだ?」とカワウソ猟師が疑わしそうにきいた。

「その女を乗せていつまでもこうして走りまわってるわけにはいかないんだよ」との答え。

「背中を打ったって女はどんな人なんだ？」とシーラスは知りたがった。

「綱渡《つなわた》りだよ」と見知らぬ男たちが言った。

「そんなふうに馬車でまわってて、その人には家族がないのか？」とシーラスがきいた。

「いないって自分では言ってるよ。以前いっしょに住んでた男はもう何年も前にいなくなってしまったし、ひとり息子《むすこ》も、まだガキのころに消えてしまって、以来、音沙汰《おとさた》がないってことだ」

しばしの沈黙《ちんもく》が訪れた。やがてシーラスが、

「どうやってその人に川をわたらせるつもりなんだ？」ときいた。

「おれたちが運ぶよ」

「運ぶって？」

「その女は馬車台の囲い板に結《ゆ》わえつけてある」とひとりが言った。

「骨がずれたりしないようにな」ともうひとりがつけ加えた。

そうして話している間に反対岸に三台の幌馬車《ほろばしゃ》が現われた。いろんな人間が出てきて、山のふもとで行なわれている会談のようすをうかがうようにして眺《なが》めている。

「よし、その人を連れて来ていいぞ」とシーラスが言った。「できるだけのことはしてみる」

ふたりの男はほっと安心した表情を顔に浮《う》かべ、すぐに川をわたって戻《もど》り、真ん中の幌馬車《ほろばしゃ》の後部から、荷車の横の囲い板をずらしておろし始めた。その荒削《あらけず》りの板の上には、ちょっと見には死体としか見えないものがのっていた。

すると突然《とつぜん》、オツキサマに乗ったユリーヌが隣《となり》に来ていた。

「おまえも来たのか？」とびっくりしてシーラスがきく。

「ずいぶん時間がたったような気がして、あたしの助けがいるんじゃないかと思ってね」ユリーヌの目が川の反対岸の幌馬車を観察している。シーラスは手短に事情を説明した。

「じゃ、施設《しせつ》とは関係ないのね？」とユリーヌ。

シーラスは首を振《ふ》った。「そんなに器用な真似《まね》はあいつらにはできないよ」向こう岸では馬が馬車から外され、木がまばらに立っているあたりの、いい草が生えているところにつながれた。シーラスは男たちをじっくり見てみたが、知ってる顔はなかった。やっと外へ出てきた女たちの間にもいない。

例の男ふたりが板の両端《りょうたん》を持ち、水に入ってきた。深いところでは水が腰《こし》のあたりまで達した。そして岸に上がり、板を草の上に置いた。その小さくやせた女を目にして、シーラスは胸の奥《おく》で何かがいきなり縮み上がるような感じがした。体裁《ていさい》程度に毛布にくるまれているだけで、シーラスの足もとに横になっている。サーカスの連中は三日の間もあちこちを訪ねてまわり、その女をどこかにおいていこうとしていた。そんな言い方はしていなかったし、そんなことを言う者はいなかったにちがいないにしろ、それが真実なのはシーラスにはわかっていた。旅回りのサーカスは、回復の見込《みこ》みのない仲間の面倒《めんどう》を見ている時間も力もない。シーラスにはわかっていた。でも、これで安心と思ってる人たちを責める気はなかった。それよりはるかに非人道的な方法で女を放り出すことはしないですんだのだから。

カワウソ猟師《りょうし》は何も言わずに事の成行きを見守っていた。けれども、反対岸で野宿をしてもいいかときかれて、

「こっちはかまわないが、わしらの土地ではないんでな」と答えた。「だれかが来て何か言われたら、おまえたち、自分らで何とかすることだ。わしらはここへ住んでもう何年にもなるが、あそこへはだれも来たことがない」

その間シーラスは、立ったまま女を眺《なが》めていた。女は目を閉じ、身動きひとつせずに横たわっている。意識があるかどうかもわからなかった。そこでカワウソ猟師の方に向き、

「この人、体重はあまりなさそうだし、ふたりで上まで運んでいけるかな？」ときいた。

カワウソ猟師が同意するのを待って、ユリーヌが二頭の大きな馬を先に村まで連れていくからと言った。そしてみんなに何があったかを話して聞かせなくてはいけない。施設《しせつ》の者が来るようなら、ウ

ルスと男の子を急いで山の中に隠《かく》そうと、みんなが緊張《きんちょう》して待っているからだ。

シーラスもカワウソ猟師《りょうし》も、ユリーヌにならできるだろうと思った。黒馬も引き馬も、見知らぬ馬がそばにいてもまったく動揺《どうよう》しないでいたし。

そこでユリーヌはオツキサマの向きを変え、大きな馬二頭の手綱《たづな》を片手に持ち、もう一方の手で自分の馬を操《あやつ》りながら、慎重《しんちょう》に山道を登っていった。三頭の馬はおたがいを押《お》し合って位置を決め、いっしょに道を登っていけるようにした。だいじょうぶそうだと見てとるや、ふたりは車台の囲いの板の両端《りょうたん》を持ち、ゆっくりと、困難な山道を徒歩で登り始めた。

年の若いシーラスは、少々重たい後尾《こうび》を選んだ。そうしたことで、歩きながら女をじっくり見ることができた。次第にシーラスは、女は意識を失っているわけではなさそうだと思うようになった。旅回りのサーカスがそうして自分をおき去りにしていったことをよく承知の上で、まぶたの裏に隠れようとしているにちがいないとシーラスは思った。そこでおろされるんじゃなかったら、どこかの荒《あ》れ地に捨てられて、横になったまま死んでいたかもしれない。だれが世話をやくようになるにしろ、自分が想像もつかないほどの面倒《めんどう》を人にかけるようになるのを、この女は知りぬいていたにちがいない。だから、びくびくしていたとしても何の不思議もなかった。

シーラスは一瞬《いっしゅん》、女が目をあけているのに気がついた。山の周囲のまばらな草木を眺《なが》めている。

「どこへ運んでいくの？」と恐《おそ》る恐るきいてきた。

「もしまちがってなかったら、あんた、家に帰るところさ」とシーラスが言った。

「家って、どういうことかしら」あたりの緑からおっくうそうに目をシーラスに移して言った。

「あんたがいるべき場所だよ」

「あたし、家なんか持ったことないのに」と女は弱々しい声で答えた。「死ぬってことなの？　山の険しいところから投げ落とすつもり？」

「なんでそんなことしなくちゃならないんだよ」とシーラスは知りたがった。

「それで一巻の終わり。楽に死ねるわ。もう人の役に立つことなんかできないのがよくわかってるし」

「大家族が待ってるよ」とシーラスは約束する。

「ひどい目にあったっていうのに、侮辱《ぶじょく》まですることないでしょ」と苦々《にがにが》しくささやくような声で女が言った。「前にも落ちたことがあったけど、こんなにひどい落ち方をしたのは初めて」

「大勢であんたの力になってやるよ」とシーラス。

「そんな約束して、あんたはいったいだれなのよ」と悲しげに女がきいた。

「ぼくは、あんたの家出した息子《むすこ》さ。あんたはぼくのかあさんだ」

女はかすかにびくっとしたようだった。よく見ようとして、顔を少し動かして、

「侮辱《ぶじょく》しないでちょうだい」と言った。

ふたりの男はできるだけ気をつけて運んでいたが、やっぱり痛いらしいのがシーラスには見ててわかった。でも、それ以外に村まで運んでいく方法はない。

「あたしのために、なんでわざわざこんなことをするの？　お金でももらったの？」

シーラスは、熱いものが全身を駆《か》けぬけていくのを感じた。どうしたら近づけるか。どうしたら信じてもらえるのか。

「あんたの息子《むすこ》だからだよ」とシーラスは答えた。「シーラスだ」

「信じられないわ。息子がいたのはもうずっと昔のことだし」

「今にわかるさ」

「わかるって、何が」

「ぼくが生まれてあんたといっしょに暮らしてた馬車がどんなだったか、ちゃんと話して聞かせられるんだ。当時のサーカスであんたといっしょに仕事をしていた人たちの名前も全部言える。特にサーベル呑《の》みのフィリップのことは話すことがたくさんある。あいつはぼくが曲馬師になりたかったのに、サーベルを呑ませようとした。口をあけるのを拒否《きょひ》すると、あいつはぼくをサーベルで殴《なぐ》った」

「もうやめて」と女は声をつまらせ、目に浮《う》かんだ涙《なみだ》を見せまいとして顔をそむけた。そして、「あたしにはわからない」とささやくような声で言う。「あんたの言ってることが信じられない、あんたかどうかわからない。言ってちょうだい、あたしをからかってなんかいないって」

「もしもあんたが綱渡《つなわた》りのアニーナなら、あんたはぼくのかあさんだよ。――あれ以来、ぼくはもう大人になったんだから。家出した時はまだ子供だった。でも子供は、自分の形を見つけるまでにはずいぶん変わるもんなんだ」

「そんなにたくさん証拠《しょうこ》を出されて、あたしはあんたを信じないわけにはいかない。でもね、ほんとにあんただってことがまだよくわからないのよ」

「ぼくたち、最初からやり直して、おたがいのことをよく知ったほうがよさそうだ」とシーラスが、安らぎを与《あた》えるような声音で言った。「でもまずおばあちゃんがなんて言うか、聞いてみなくっちゃ」

「おばあちゃん、ってだれなの?」ほとんど聞き取れないような声で女がきいた。

「セバスチャン山のかしこいばあさんだよ。通って来た村で話を聞かなかったのか?」

「ただの噂《うわさ》かと思ってた」と言ってから、「歪《ゆが》んでしまった背中をそのおばあちゃんが治せると思う?」と続けた。シーラスは、その声に希望の小さな芽を聞いたように思い、

「ともかくいろんなことができるんだ、おばあちゃんは」と答えた。

もうかなり高いところまで来ていて、上のほうから見られていた。村の住人は全員家から出て、けがをした女を迎《むか》えた。ユリーヌは、シーラスがその人を知ってるみたいだとみんなに話していた。

準備をするのにあまり時間がなく、おばあちゃんは忙《いそが》しい思いをしていた。木の幹《みき》をえぐって作った舟底《ふなぞこ》型の大きくて細長い容器を人に命じて中身をあけさせた。屠殺《とさつ》の時に使う容器だが、それを磨《みが》くように言い、きれいに洗わせて自分の家の中に運ばせた。いくつもの囲炉裏《いろり》ではすでにお湯がわかされている。おばあちゃんは、当分の間は食事の用意も食事をするのもほかの家で行なうことに決めていた。だれもが時間に追われ、手持ちぶさたの者などひとりもいなかった。カワウソ猟師《りょうし》とシーラスはまっすぐおばあちゃんの家の中に導かれた。そこで囲い板が床《ゆか》におろされ、大人の女以外の全員が外に出された。

「あんたをお湯に入れてあげるからね」とおばあちゃんが言って、女の脚《あし》のほうに身をおいた。そこからなら女がおばあちゃんを見ることができる。「あんたの筋肉をほぐさないと、どこがどうなってるのか、さわってもわからないからね」

その言葉が何げないふだんの調子で言われたことで、横になっている女は、元気になれるかもしれないと期待するようになった。その間にも細長い容器には、お湯が半分ほどゆっくりと張られていった。ちょうどいい温度になるまで、熱湯と水がかわるがわるに入れられた。

「なるべく痛くならないように、あんたを移す時には、横になってる毛布ごと持ち上げるからね」

「いいわ」と女はささやき、持ち上げられる覚悟《かくご》をした。両側に女が三人ずつ立った。毛布が広げられると、みんなはアッとおどろいた。サーカスの衣装が目に飛びこんできたからだ。それに、背中をぐるぐる巻きにして固定するために使った、服を裂《さ》いて作った紐《ひも》。

「全部つけたままでお湯に入れるからね」とおばあちゃん。「着物はあとでとればいいから」

「さ、全員いっときに持ち上げるんだよ、そっとね」と用意が整っておばあちゃんが言った。まず容器の上へ、それから静かにおろしていく。

「湯加減はどうだい？」おばあちゃんがきく。

「アーー」と女はため息をついた。「こんなに痛いのに、こんなに気持がいいなんて」

おばあちゃんは時々肘《ひじ》を湯の中に入れてみて、ぬるくならないように気をつけている。お湯がたされる。囲炉裏ではひっきりなしにお湯がわかされていた。湯船の中の女は、やがて眠《ねむ》りに落ちてしまった。両脇《りょうわき》の下に三角巾《さんかくきん》が結ばれ、すべって溺《おぼ》れたりしないようにした。

長い時間をかけておばあちゃんは徐々《じょじょ》にお湯を少しずつ熱くしていき、ちょうどいい温度になったかどうかをまた肘で確かめた。

その間にみんなはテーブルを片づけた。長椅子《ながいす》がどけられ、部屋の全体が暖められた。それから、おばあちゃんの羊の毛で作った厚い毛布が二枚、テーブルの上に布団《ふとん》がわりに敷《し》かれた。そして、もうこれ以上お湯に入れておいても仕方ないとおばあちゃんがようやくのことに判断すると、みんなは女のかわいそうなぐらいやせ細った身体から服を切ってすべてはぎ取り、持ち上げられるよう、身体の下に敷布《しきふ》を差し入れた。

そうしてテーブルの上に運んでいき、濡《ぬ》れた敷布をぬき取った。女は今、熱い身体の力をぬいて裸《はだか》で横たわっている。おばあちゃんが、全身に打ち身を負った身体を指先で調べていく。背中は黄色くなり、内出血している。鎮痛《ちんつう》用の薬草を混ぜたニワトリの脂《あぶら》を塗《ぬ》って、おばあちゃんがそっとマッサージをしてあげた。

「さわってみた感じじゃ、骨は折れてないようだね」とマッサージを終えておばあちゃんが言った。落ちた時に骨が一度外れたが、それがまた大体もとの位置にもどったんだろうとおばあちゃんは推測し、

「そうだったと思いたいね」と結論した。

テーブルの上の女はうとうとしていて、何が話されているか、おぼろげにしかわからなかった。けれども、みんなが自分のことを思ってしてくれているのはわかっていた。おばあちゃんは包み隠《かく》しせず、これから先当分の間痛みが続く、とはっきり言った。身体を引っぱったりするかもしれない、す

ごく痛いけど、とも言った。

女は承知した。

ユリーヌが温かい羊のミルクを一椀《わん》持ってきた。女は羊のミルクが嫌《きら》いだったが、元気になりたいと思っていることを見せるために飲んだ。

そのあとでみんなは、毛布にくるんだまま女を部屋の奥《おく》の寝床《ねどこ》に運んでいき、暖かくして寝かせた。

13　安らぎの時

女はその日ずっと眠《ねむ》り続けた。夜も一晩中眠り続け、翌日もほとんど眠っていた。転落して以来の苦難が目に見えて体力を消耗《しょうもう》させてしまっていた。けれども今はもう気分がよくなっていた。にもかかわらずおばあちゃんは、動くことを禁止していた。上半身を起こすことも床《ゆか》におり立つこともしてはいけなかった。緊張《きんちょう》が解けて身体が休まるまで、じっと横になったままでいなければならない。

「何日も横になってるんだよ」とおばあちゃんが説明する。

「じっとしてるなんて、慣れてないもんだから」と小さな声で女が言う。

「元気になりたいのかい、それとも元気になりたくないのかい」とおばあちゃん。

「なりたい。だからできるだけのことをする」

そうしてしばらく静かになった。

「あの、あたしの息子《むすこ》だって言ってる人、どんな人なの？」と女がきいた。

「あんたの息子だよ。あんた、アニーナって名前の綱渡《つなわた》りじゃないのかい？」

「そうよ、そうなんだけど、よくわからないのよ。あの人いくつ？」

おばあちゃんはちょっと考えて、「ちゃんと数えたことなんかないからね。あんたも知らないのかい？」

「もうずっと昔のことだから」とアニーナはつぶやいた。

「まだ子供だったよ、あの子は。十四ぐらいだったかね。施設《しせつ》へ来てあたしを盗《ぬす》み出したのさ、赤《あか》ん坊《ぼう》の面倒《めんどう》を見てもらおうとして。生まれたばかりの男の子が袋《ふくろ》に入れて捨てられてるのを見つけてきてね」とおばあちゃんが説明した。

「どうしてそんなことができたの？」と寝床《ねどこ》の女がびっくりしてきいた。

おばあちゃんは、事の成行きをできるだけくわしく話して聞かせる。

「その頃《ころ》あの子は金持の商人の家に住んでたんだけど、捨て子を港に放っておくかわりに商人の家に持ち帰ったもんだから仲が悪くなってね。商人も奥《おく》さんもそんな子を家におきたがらない。それであの子があたしを連れにきたのさ。赤ん坊のおばあちゃん役にね。それからいろいろと面倒なことがあってね、とうとうこの山に引っ越《こ》してくることになった。それ以来ずっとここで暮らしてるのさ。その間にどんどん人数が増えて」

そこでおばあちゃんはため息をついた。

「あの子があたしを施設《しせつ》から連れ出した時、あたしはもうずいぶん年だと思ってたけど、今はそれよりもっともっと年をとっちゃって。シーラスには奥《おく》さんも子供もいるし」

「そうなの」

「そうだよ。楽しみだろ？　でも、あんたのもとを離《はな》れてから何をしてきたかは、シーラスが自分で話したほうがよさそうだ」

「でも、そんな個人的なこと、あたしに打ち明けてくれると思う？」アニーナの声は疑っていた。

「思うね。でもすごく長い話だよ。話すのに何日もかかりそうだ。それはあんたを引っぱったあとで、ぼちぼち話してもらうがいいさ」

「引っぱるって？」とアニーナが知りたがった。不安げにおばあちゃんを見ている。

「当分の間、毎日ね」とおばあちゃんが続けて言う。「最初のうちは片方にひとりずつ、あとでふたりずつ」

「でもどうやって引っぱるのよ」

「今言ったとおりだよ。ひとりがあんたの脇《わき》の下を押《お》さえて、もうひとりが両脚《りょうあし》を引っぱるんだ」

「どうして」

「そうやって背骨をのばしてね、ちゃんともとの場所にもどるようにしてやるのさ」

「痛いの？」

「そうともかぎらないけど、痛いようだったら、あたしが思ってる以外のところが悪いかもしれないね。でもそのあとはまた長いこと毎日じっと横になってなくちゃいけないよ。そこでシーラスが登場するっていうわけさ」

アニーナはほほえみ、

「あたしきのうより今日のほうがずっと気分がいい」と言った。

「いちばん大変なのはたぶんじっと寝《ね》てるってことだね」とおばあちゃん。「いいかい、まず最初に熱い湿布をする。熱くてがまんできないくらいだけど、筋肉をほぐすためだ。それから引っぱる」

アニーナはうなずいた。

おばあちゃんに言われたとおりにしばらく熱い湿布《しっぷ》の上に横になっていたあとで、アニーナは毛布にのせられみんなの手でテーブルの上まで運ばれた。そしておばあちゃんが言ってたとおりにみんなに引っぱられた。心配してたような乱暴な引っぱり方ではなく、緩慢《かんまん》でしかも継続的《けいぞくてき》、調和のとれた動きで、身体をのばそうとしているかのようだった。引っぱってはゆるめ、ひっぱってはゆるめ。

「ああ、気持いい」とアニーナがささやいた。「引っぱられるたびに痛みが少しずつ和《やわ》らいでいくみたい」

おばあちゃんは注意深く聞いている。「それはやり方が正しいってことだ」と言った。

終わると何枚もの毛布でアニーナをおおい、テーブルの上で横になったままにさせておいた。少しも身動きしてはいけないと何度も注意する。そしてみんないなくなった。

しばらくするとシーラスがそっと入ってきて、そばの長椅子《ながいす》に腰《こし》をおろした。

「おばあちゃんが、ぼくが家出をしてから何をしてきたか、全部あんたに話して聞かせろって言うもんだから。家出したのは、あいつの忌々《いまいま》しいサーベルを呑《の》まされなくてすむようにだった」

シーラスは、だれのサーベルだったか、言う必要はなかった。アニーナの口許《くちもと》のかすかなほほえみを見れば、ちゃんと聞いてるのがわかる。

「最初、ぼくは隠《かく》れてた。呼んでも来ないので、フィリップはますます腹を立てていた。でも姿を見せるわけにはいかない。あいつは手に持っていたサーベルでぼくを殺そうとするに決まってたからね。激怒《げきど》して顔が蒼白《そうはく》になってた。それで、川岸の小さな穴の中にうずくまっていた間に、どこかよそへ行かなくちゃいけないってことがわかったんだ。でも、暗くなるまでは、隠れ場所から出る気にはなれなかった。

それから、その日の夕方に公演をした村から離《はな》れて、川沿いに歩き出した。どこか横になれそうなところが見つかればと思ってた。でも、適当なところはなくって。すると偶然《ぐうぜん》、川岸に半分引き上げてある小舟《こぶね》があったんだ。オールが二本、後ろに向かって空中に突《つ》き出てた。今そこへ着けられたばかりで、すぐにまた使われるみたいだった。

考えてるひまなんかなかった。その小舟はぼくのただひとつの可能性に思えたから、岸から押《お》し出して中へもぐり込《こ》んで、だれにも見られないように底にひそんでた。すごくお腹がすいてた。でもひどく疲《つか》れていたので、眠《ねむ》り込んでしまった。次の日は、長い間、家が一軒《けん》も見えなかった。小舟の流れるままにまかせてた。そうやって小舟をとったのが盗《ぬす》みだってことはよくわかってた。でも、その盗みがぼくの人生を変えるとは思ってもみなかった。するといきなり家が見えてきて、ぼくは身体を起こして岸までこいでいった」

シーラスの母親はじっとしていた。

「寝《ね》てるのか？」とシーラスがささやいた。

「ちゃんと聞いてるわ」と小声の答え。

シーラスは続けた。馬商人のこと、賭《か》けのこと、黒馬のことを話して聞かせる。時々母親に、まだ起きてるのかときいてみたが、そのたびに、ちゃんと聞いている、先を聞かせてほしい、という答えが返ってきた。ほかの女たちが食事の用意をしに入ってきた時になってようやくシーラスは話を切り上げた。

それから何日もの間、同じことが繰《く》り返された。治療《ちりょう》が終わるたびに半生記を語って聞かせるのがシーラスの仕事になった。時折母親が、唇《くちびる》以外は動かさずに、もう少し詳《くわ》しく話してとさえぎることがあったが、そのほかには何も言わず、言われたとおりに身動きしないで横になっていた。その間にもアニーナのまぶたの裏には、人の数、風景の数、家々、出来事の数々が増えていった。ビン・ゴーヂックの村、カワウソ猟師《りょうし》、そして商人の店があった大きな町。

「まったく、よくそんなことができたわね」とアニーナは、シーラスが暴走する四頭立ての馬車を止めた時の話をすると声を上げた。

「笛のおかげだよ」とシーラスは答える。

「笛？」

「馬商人の馬屋で、最初は馬を暴れさせるのに使ったけど、あとでまたおとなしくさせるのに吹《ふ》いてやった笛だ」

「いつかその笛見せてもらわなくちゃ」そっとアニーナが言うと、

「今聞かせてやるよ」とシーラスが答えて胸《むね》のうちの隠《かく》し場所から笛を取り出した。

びっくりさせないようにそっと笛を口にあて、子守唄《こもりうた》のような曲を吹いてあげた。それを聞くと、母親の目に涙《なみだ》があふれてきた。

日々が過ぎ、何週間もがあっという間に過ぎていった。綱渡《つなわた》りは次第に背中の痛みがやわらいでいき、ある日のことおばあちゃんが、もうそろそろ歩き方を習ったらいいんじゃないかね、と言い放った。

アニーナはおとなしく毛布をはねのけ、寝床《ねどこ》を出ようとした、が、おばあちゃんがびっくりして叫《さけ》び声を上げ、アニーナを止めた。

「気でも狂《くる》ったのかい？　今までの苦労、台なしにするつもりかい？」

サーカスの芸人はおどろいて動きを止めた。かわりに言われたのが、まず腹ばいになり、寝台《しんだい》の枠《わく》から両脚《りょうあし》をずらして足が床《ゆか》につくまでおろしていって、そして慎重《しんちょう》に身体を支えてみることだった。

「全然支えられないわ」とがっかりしてアニーナが言った。「腰《こし》がすごく痛くなる」

おばあちゃんはなぐさめて、もう一度やってみるように促《うなが》した。けれどもアニーナは泣き崩《くず》れ、泣きじゃくりながら、そんなことは無意味だ、みんなむだなことだった、動くことができなくなった、もう二度と歩けない、などと泣き言を言った。

「ばかばかしい」とおばあちゃん。「今日あした歩けって言ってるんじゃないんだよ。寝床にしっかりつかまって、脚《あし》を二、三歩左右に動かせりゃそれでいいんだよ。やるたびに少しずつよくなるから」

「でもどうしてここがこんなに我慢《がまん》できないくらいに痛むの」苦情を言いながらアニーナは、腰《こし》の骨を押《お》さえた。

「痛みはそのうち消えるから」とおばあちゃんが保証する。「長いこと使ってなかったからだよ。少しずつ、こりずにやることだ。でも、転ばないようによくつかまってるんだよ」

アニーナはがっかりしたが、おばあちゃんがしんぼう強く元気をつけようとしてがんばった。そしてその日のうちに、アニーナが寝床《ねどこ》から脚《あし》をおろし、右に二歩、左に二歩をやっているのを目にした。何度もやっていた。そして次の日にはそれが三歩になった。

「このことシーラスに言わないでほしいんだけど」と三日目になってアニーナが言った。

「言わないって、何をさ」とおばあちゃんがきく。

「これ、あたしが床《ゆか》に足をつけてるってこと」

「言わないでおくよ」とおばあちゃんは約束したが、もうすでに話してしまっていることは黙《だま》っていた。

そのふたりの女性は、それまでの間に好ましい関係をおたがいの間に築き上げていた。一日のうちでふたりだけでいる機会が多く、おばあちゃんが毎日の家事を囲炉裏端《いろりばた》でこなしている間、アニーナに街道《かいどう》での暮らしをあれこれときき出していた。

最初のうちこそ別に大したことじゃないからとアニーナは言い張っていたものの、そのうち変わった話が次々と飛び出してくるにつれておばあちゃんはさらに詳《くわ》しく聞こうとして食い下がり、時間もどんどん昔にさかのぼっていった。そしてついに、思い切ってシーラスの父親はだれだったのかときいてみた。けれどもそこでアニーナは話をやめた。それは口外できないことだった。

「それはだれにも話したことがないの。あの子にも父親にも。それでいいのよ」

「たぶんね」とおばあちゃんも同意した。そして、ユリーヌの家に、綱渡《つなわた》りの孫娘《まごむすめ》を借りにいった。

アニーナと同じ名前の子を連れてきて、寝床にすわらせてあげた。

「おとなしくすわってるんだよ、おばあさんの背中が痛くならないようにね」と言い聞かす。「いい子にしてたら、ごほうびにお話をしてくれるかもしれないよ。でも、ちゃんとすわってなくちゃだめ」

女の子は約束した。

そこでアーニャのおばあさんは、にわか造りの話を聞かせてあげた。荒野《こうや》に暮らすオオカミたちと話のできる女の子の話だ。

アーニャは大きく目を見開いておばあさんを見つめている。

「オオカミってなあに?」と知りたがった。

「森とか山の中に住んでる大きな犬で、人に慣れてないの。餌《えさ》をやる人もいないし、入ってく家もない」

「寒がったりしないの?」

「時々はね。でも寒くなったら穴を見つけて中にもぐるの」

「その穴で暮らすの?」

「野生の動物だからね」とおばあさんが答えた。

「でもどうやってその女の子はオオカミと話をするの?」

「夜になると呼ぶのよ。そうするとあちこちでほかのオオカミが答えるのが聞こえてくる。そのうちにオオカミは一団になって、狩《か》りに出るの」

「オオカミはどうやって呼ぶの?」女の子が不思議そうにきいた。

「オオカミがほえるようにほえればいいのよ」

「ほえるの? でもオオカミはどうやってほえるの?」

寝床《ねどこ》の女は孫娘《まごむすめ》に笑ってみせ、枕《まくら》の上でうなじを反《そ》らしてあごを突《つ》き上げた。女の喉《のど》の奥《おく》で生まれた暗く深い音が次第に高まって明るい音に変わり、ついには息が続かなくなって途切《とぎ》れてしまう。

囲炉裏端《いろりばた》ではおばあちゃんがどきっとさせられ、ひしゃくを料理の鍋《なべ》の中に落としてしまった。びっくり仰天《ぎょうてん》して心臓のあたりを押《お》さえている。

犬のゴフもひとっ飛びで部屋の奥に駆《か》けつけた。上唇《うわくちびる》をむき、歯を見せて、背中の毛を硬《かた》く逆立てている。

「びっくりさせちゃったのね」と綱渡《つなわた》りは犬にやさしく言って、「そこにすわっていっしょに歌いましょ。あんたもオオカミの一種だからね」そして両手で口と鼻のまわりを囲み、もう一度用心深くほえた。

女の子は目を大きく開いて見守っていたが、犬のほうは、さっきはわからなかったことが理解できたようだった。その場にすわり、アーニャのおばあさんとまったく同じ仕方で頭を後ろに反らせ、鼻先を天井《てんじょう》に向けてまったく同様にほえた。

すると寝床の女がもっと力を入れてほえ、犬も、まるで胸《むね》の奥に今までそんなものがあるとは知らないでいた水門が開けられたかのように、あとに続いてほえる。椅子《いす》にすわっていたおばあちゃんは腰《こし》をぬかし、気をとり直して耳が聞こえるようになるまで待っていた。

けれども、犬とアニーナが息を整えるためにひと休みをしようとしたその瞬間《しゅんかん》、戸が押《お》しあけられ、シーラスが荒々《あらあら》しく恐《おそ》ろしい表情をして飛びこんできて、

「どうしたんだ。なにがあったんだ?」と叫《さけ》ぶ。母親に何か取り返しのつかないことがあったんではないかという怖《おそ》れが、その態度にはっきり現われていた。

部屋に入ったところで足を止め、オオカミのほえ声を出している母親と、その横にすわってこれもオオカミのようにほえている犬を、あきれ顔で見つめていた。

「頭がおかしくなったのかよ」とシーラスは、やっと静かになったところで言った。「いったい何をしてるんだ」

「なんにも」と、綱渡《つなわた》りが無邪気《むじゃき》に言う。「遊んでるだけよ」

「遊んでる?」

「この子にオオカミと話のできる女の子のお話をしていただけよ」シーラスは小さい時に聞いたおとぎ話を思い出した。

「もうどうしようもなく軽はずみなんだから、あんたは」と、真剣《しんけん》なような笑っているような言い方でシーラスは叱《しか》った。

「どうしてよ」と母親が笑う。

「川の向こうにオオカミが集まってきたらどうするんだよ」

「あたしたちが通ってきた平地のこと?」

「ちがう、反対側。大きな川の向こう側だよ、あそこの山だ」

「そこにオオカミがいるの？」アニーナは心配そうな表情をした。

「前にいた。平地の村ではその話をしているんだ。寒い冬になったら帰ってくるかもしれないって」

アニーナは長いことさぐるような目で息子《むすこ》を見ていたが、やがて笑い出し、

「からかってるんでしょ？　冗談《じょうだん》なんでしょ？　あたしが何か許してもらえないようなことをしたって思わせただけなんでしょ？」そう言ってころころ笑った。

それにはシーラスもほほえんだ。

「かあさん、元気になったみたいだよ」とシーラスは、おばあちゃんに向かって言った。

「そうかもね」とおばあちゃんはむくれて言う。「まったくあんなの聞いたことがない。あの人に息の根を止められるとこだった。それも、よりによってあたしの家の中でさ」

「ごめんなさいね」とアニーナがおばあちゃんに言った。「あたし、うかつだった。でもあたし、今日はとっても気分がいいもんだから」


その日の夕方、ふとアーニャがいないことに気がついた。ちょうど夕闇《ゆうやみ》がおりるころで、だれもアーニャの姿をしばらく見ていなかった。どこで最後に見たかも、だれもおぼえていなかった。

「ゴフはどこだ？」とシーラスがきいてあたりを見まわした。

それもだれも知らなかった。

すると聞こえてきた。最初は試すように、綱渡《つなわた》りのオオカミの歌がそっとなぞられた。それからもっとはっきり強い声で真似《まね》られて、最後には、子供の声を思いっきり張り上げてほえた。ゴフも、おぼえたばかりの芸をして熱心に相手をつとめている。

だれに言われるまでもなく、村の住人がセバスチャン山の頂上に集まってきた。老若《ろうにゃく》大小を問わず、急いで行く。山のいちばん高いところ、川の向こう側が見わたせ、背後に山々がひかえるその高台に、シルエットになってまだ小さな女の子とかなり大きな犬がすわっていた。どちらもうなじを反《そ》らしている。声が自由に流れていくように。

訳者のあとがき

総集編のような第十三巻を訳了《やくりょう》してから六年が経ってしまいました。シーラスはユリーヌと結ばれ、セバスチャン山も川の盗賊《とうぞく》から救われて、めでたし、めでたしで終わってよかったのですが、原作者ボトカーは、高齢《こうれい》になったにも拘《かかわ》らずまたまたお話を紡《つむ》ぎ出し、第十四巻を発表しました。

シーラスが若い父親になり、少年時代に家出して以来会っていなかった母親と再会する本巻は、完結編と呼ぶにふさわしい要素をすべて備えています。けれども、原作者が完結したと明言していない以上、このシリーズはとりあえず未完のままにしておこうと思います。

第一巻『シーラスと黒い馬』の邦訳《ほうやく》が出版されたのが一九八一年ですから、それからもう四半世紀が経過しています。訳者の息子《むすこ》も娘《むすめ》もその間に立派に成人し、シリーズの読者も今や二世代以上にわたっています。現実世界にもさまざまな出来事があり、かつてない変化を経験してきましたが、シーラスも目に見えて成長を遂《と》げました。

大人に押《お》しつけられる生き方をきらい、無理を言う大人たち、特に権力や金力のある大人たちを向こうにまわしてかなり乱暴なこともしていたシーラスは、あきらかに少年アナーキストで、『長靴下《ながくつした》のピッピ』と同じ世代の子供でした。とらわれのない自由な毎日を過ごしたかったシーラスは、社会の規範《きはん》から少々外れながらもたくましく生きる人々の間に仲間を求めていきました。児童文学史上に名をとどめることになる両性具有のウマガラスはそのひとりです。

ところが、港に捨てられていた赤《あか》ん坊《ぼう》を拾ったことで、シーラスの生き方が変わってしまいます。責任感に目覚め、弱者との連帯を強く意識するようになりました。そして、欲に目がくらんだ大人たちの利己主義と醜悪《しゅうあく》さを暴《あば》き、自らセバスチャン山に新しい共同体を築き上げます。社会から見捨てられたアウトサイダーたちが、自然とともに、質素でありながら人間らしく暮らせる共同体、言わば「新しい家族」を仲間たちと創《つく》りました。

それがほぼ形を整えたかに思えたころ、心に動揺《どうよう》をおぼえたシーラスは山を離《はな》れて旅に出ます。合理的なものの考え方をする女友達のメリッサは、商人になるためにすでに町へ行ってしまいました。シーラスは、メリッサのかわりに若くて妖精《ようせい》のようなユリーヌに出会い、結ばれます。そして、馬をこよなく愛し、妥協《だきょう》のない、ものと金にこだわらない暮らしをセバスチャン山でいっしょにすることになりました。

そうしてシーラスに娘《むすめ》が生まれます。ユリーヌの提案でその子にはシーラスの母親と同じ名前がつけられました。するとまたウマガラスが登場し、例によって事件が起こります。若い娘を酷使《こくし》する卑《ひ》劣《れつ》な商売人が現われ、暗い山の地下でひと騒動《そうどう》がありました。「施設《しせつ》」に幼児を取り返しにいく場面もあります。これらがみな、シリーズではおなじみの展開を見せて解決されていきます。シリーズ各巻のハイライトシーンをほうふつとさせるエピソードが繰《く》り返されるだけではなく、昔語りとして、過去の出来事が語り直されています。シーラスも、自分の言葉で母親に半生を語って聞かせました。

そういう意味でも本巻はまさに完結編と呼びうるのですが、町へ行ってしまって帰ってこないウマガラス、同じく姿をくらましてしまった商売人、当分はシーラスにも手の出せない、預かった子供たちを虐待《ぎゃくたい》している「施設」のこと等々、話はまだまだ展開する可能性を秘めています。シリーズが完結するかしないかは、原作者次第でしょう。

とにもかくにもシーラスシリーズは、シンプルライフへの讃歌《さんか》です。正義があり、仲間たちへの思いやりがあり、ひとりひとりがほかの者たちと協調しながら自己を発展させる可能性がある暮しへの讃歌です。そうした暮しが営まれるセバスチャン山の小世界を、原作者ボトカーは、子供だましの甘《あま》くあいまいな言葉ではなく、感覚の鋭《するど》い研《と》ぎすまされた表現を用い、的確で絶妙《ぜつみょう》な会話を駆使《くし》して構築してきました。

世界児童文学史上まれな作品を延々と書き継《つ》いでいるボトカーさん、今なお新しい言語表現に果敢《かかん》に取り組んでいるボトカーさんは、二〇〇七年三月二十七日に満八十歳《さい》になりました。敬意をこめて第十四巻の日本語版『シーラス　安らぎの時』を献呈《けんてい》したく思います。

二〇〇七年七月　星空の美しいエルシノアにて

著者：セシル・ボトカー Cecil Bødker
1927年デンマークのフレデシアに生まれる。銀細工師として出発し、後に詩人・作家として多くの作品を生む。邦訳に『なぞのヒョウのゆくえ』（岩波書店）、『シーラスと黒い馬』（国際アンデルセン賞受賞）他「シーラス・シリーズ」全14巻（評論社）などがある。

訳者：橘要一郎（たちばな・よういちろう）
本名、長島要一。1946年東京に生まれる。現在、コペンハーゲン大学異文化研究・地域研究所アジア部長、DNP特任研究教授。主な著書に『森鷗外の翻訳文学』（至文堂）、『森鷗外文化の翻訳者』（岩波新書）、『明治の外国武器商人』（中公新書）等、主な訳書に『江戸幕末滞在記』（講談社学術文庫）、『ロシア艦隊幕末来訪記』（新人物往来社）、『あなたの知らないアンデルセン』（評論社）等がある。

■評論社の児童図書館・文学の部屋
シーラスシリーズ14
シーラス 安らぎの時
二〇〇七年九月三〇日 初版発行
●――著 者 セシル・ボトカー
●――訳 者 橘要一郎
●――発行者 竹下晴信
●――発行所 株式会社評論社
〒162 東京都新宿区筑土八幡町二-二一
電話代表〇三-三二六〇-九四〇一
振替〇〇一八〇-一-七二九四
●――印刷所 凸版印刷株式会社
●――製本所 凸版印刷株式会社

ISBN978-4-566-01327-8 NDC949 288p. 188mm×128mm
http://www.hyoronsha.co.jp

シーラス シリーズ

セシル・ボトカー　橘要一郎訳　第31回・日本翻訳出版文化賞受賞

■国際アンデルセン賞受賞

［1］シーラスと黒い馬

旅に憧れ、自由を愛し、知恵と勇気で不正な大人たちに立ち向かうシーラス。痛快な冒険物語。厚生労働省社会保障審議会推薦

226ページ

［2］シーラスとビン・ゴーヂック

旅の途中で少年ビンと親友になったシーラス。そして奇怪に謎めいたウマガラスとの出会い…。厚生労働省社会保障審議会推薦

252ページ

［3］シーラスと四頭立ての馬車

暴走する馬車を止め、町の商人を救ったシーラスは、商人の家に滞在することになったが…。厚生労働省社会保障審議会推薦

324ページ

［4］シーラスの家作り

捨てられた赤ん坊を拾ったシーラスは、「弱者」を集め、自由に生きられる村を作ろうと決心する。厚生労働省社会保障審議会推薦

262ページ

［5］セバスチャン山のシーラス

捨て子や家出少女、施設から盗んできたおばあさんなど「選ばれし者」がセバスチャン山に集合し、家族として新生活が始まる。

245ページ

［6］シーラスとウマガラス　再会

セバスチャン山の厳しい冬も越し、新しい住人も加わる。あの凶暴なウマガラスも山に出現。だが、ウマガラスには秘密が…。

266ページ

［7］シーラスとマッティ　出会い

みんなに恐れられ迷惑がられながらも、ウマガラスは山に居すわった。そして盲目の少女マリアがウマガラスの秘密を見抜く。

224ページ

［8］シーラス　山の村の生活

町の商人の息子ヤペトスが、村に学校を開いた。また商人の仕事に憧れるメリッサなど、山の生活は新しい局面を迎え始める。

310ページ

［9］シーラス　青い馬

商人になるため町へ去ったメリッサ。動揺したシーラスは、ひとりで旅に出る。そして飢饉に苦しむ村と青い馬に関わって…。

310ページ

［10］シーラス　セバスチャンの遺産

セバスチャンの遺産である山を、欲に目のくらんだウマガラスは売却しようと画策。しかし…。　厚生労働省社会保障審議会推薦

272ページ

［11］シーラス　旅のオオカミ

メリッサを見守り助けるため、シーラスも同じ商会に住み込んだ。そしてメリッサに危機が…。厚生労働省社会保障審議会推薦

280ページ

［12］シーラス　遺書

メリッサは生き生きと自立し、シーラスとの間も微妙にずれてくる…。新しい出会いと別れを経験し、成長するシーラスたち。

314ページ

［13］シーラスと川の盗賊

久しぶりに山へ帰ると、山は川の盗賊たちに占拠されていた。シーラスは盗賊を追い出し、腐敗した町の政治との闘いに挑む。

308ページ

〈以下続刊〉